황석영의
밥도둑

* 이 책은 『노티를 꼭 한 점만 먹고 싶구나』(디자인하우스, 2001)의 최신 개정판입니다.

황석영의

밥도둑

황석영 산문

교유서가

개정판 서문

여기 엮은 글들은 외환위기의 후유증으로 사회 분위기가 음울하던 무렵 신문에 주말마다 연재했던 것들이다. 음식 이야기는 흥청망청 잘나가던 시절보다는 어려운 날에 더욱 깊어지고 정다워진다. 외로울 때, 힘들 때, 아플 때, 슬플 때, 우리는 사랑하는 사람이나 정든 가족들과 함께 나누었던 음식을 떠올리며 그리워한다. 또한 어디선가 그들과 함께 나누었던 음식을 찾아 헤매며 그 맛을 재확인하려 한다. 스스로 먹을거리를 사다가 요리를 해볼 수도 있지만 그때 함께했던 사람들은 이제 사라지고 없거나 자신의 입맛이 변했을 수도 있다.

언젠가의 그 맛집을 찾아가보아도 대부분은 사라져버렸거나 주인이 바뀌었다. 만약 예전의 장소에 음식점이 그대로 있고 늙은 주인이 아직도 요리중이며 음식의 맛도 여전하다면 우리는 실로 깊은 감동을 받게 된다. 그러나 그러한 기적은 쉽게 일어나지 않는다. 세상과 내가 동시에 변해 있기 때문이다. 하지만 이렇게 맛의 기억을 더듬는 일은 관계의 소중함을 깨우쳐주며 고단한 일상을 견디게 해주고 스스로를 위무해준다.

이웃나라 일본이 그러했듯이 우리도 불황기를 겪으면서 여러 매체에서 음식과 관련된 볼거리가 넘쳐나고 있다. 저성장 시대를 살아가면서 사람들이 음식 얘기에 쏠리는 것은 현실적 박탈감 속에서 최소한의 일상적 소비 욕구를 달래는 손쉬운 길이기 때문이겠다.

예전에 살림살이 사정도 비슷한 서민들이 담을 잇대고 살면서 같은 골목 안의 집집마다 음식을 서로 돌리며 나누어 먹던 풍습은 대부분의 주거환경이 아파트로 변하면서 사라져갔다. 이른바 핵가족이라는 말이 나온 지도 수십 년이 지났다. 마을 공동체 따위는 시골에서도 사라지고 있다. 빈집이 많아진 동네에 혼자 남은 노인들은 제각기 띄엄띄엄 흩어져서 살아가고 있다. 역시 혼자 사는 가구는 도시로 갈수록 점점 더 많아지고 고독사는 특이한 사건이 아니게 되었다. 누가 이웃에서 굶어죽는지 마는지 알 바 없어진 것이다.

옹색한 거처에 혼자 사는 젊은이들은 대충 편의점에서 끼니를 때우거나 배달 음식을 시켜 먹으며 하루를 보낸다. 식구라고 해봤자 두세 명이 대부분인 가족들은 각자의 일상 시간이 다르기 때문에 모여서 식사하는 날이 드물고 외식 위주의 생활을 하게 마련이다. 파편화된 고독한 개인들이 오로지 자기 혼자만을 위하여 음식을 장만하고 맛없는 혼자만의 끼니를 때우며 살아가는 경우가 점점 많아진다.

그러나 배고픔은 어떤 먹을거리로든지 달랠 수가 있지만 누군가와 함께 먹었던 음식의 맛에 대한 그리움은 좀처럼 사라지지 않는다. 아무리 맛있었던 음식도 함께하는 이가 없으면 그 맛을 느낄 수가 없으며 넘쳐나는 풍성한 먹을거리도 고독한 식사의 허기를 달래주지는 못하기 때문이다. 그래서 요즈음 음식 프로가 부쩍 성행하는 것을 보며 음식을 나누는 것이야말로 공동체성의 뿌리가 아니었을까 생각해보게 된다. 최근 혼자 사는 사람들이 동호회 같은 것을 만들어 번갈아 돌아가며 음식을 만들어 함께 먹는다든가, 주머니 사정 때문이라 해도 배달음식일지언정

옆집 사람과 치킨 한 마리, 피자 한 판 나눠 먹는 신풍속도 이웃에 누가 사는지조차 모르는 것보다는 정겹지 않은가. 대수롭지 않은 일 같지만 어떤 음식을 누구와 함께하는가 하는 것은 인생에 대한 태도를 결정짓는 중요한 계기가 될 수도 있다.

오래전에 쓴 글을 다시 정리하면서 근년에 와서 하나둘씩 내 곁을 떠나간 정겨웠던 벗들을 떠올리며 그들과 함께했던 맛의 추억을 덧붙였다. 나이가 들수록 맛있게 먹는 한 끼 식사가 만들어내는 행복감이야말로 삶의 원천이며, 진정한 밥도둑은 역시 약간의 모자람과, 누군가와 함께 나눠 먹는 맛임을 다시 확인하게 된다.

2016년 입춘(立春)에,

황석영

차례

개정판 서문 … 5

1 유배지의 한 끼니

철모에 삶아 먹은 닭 두 마리 … 15
건빵 다섯 봉지와 행복한 죽음 … 22
법무부 한정식 … 30
범치기 요리 … 38

2 흘러간 사랑

기억의 고리, 그 시작과 끝 … 47
세상으로 나가는 남자의 창 … 54
애플파이와 칵테일 두 잔 … 61
마당 한 귀퉁이의 쓸쓸한 과꽃처럼 … 68
그 비듬을 털어주고 싶었어 … 74

3 잃어버린 그 맛

배고픈 날, 장떡 지지던 냄새 … 83

노티 이야기 … 91

시커멓게 언 감자를 먹는 지혜 … 99

밤참의 특별한 맛과 '온반'의 기억 … 107

옥수수 먹듯 산천어를 뜯으며 … 114

술 취한 아버지 손에 들린 간고등어 한 손 … 121

허리춤에 매달렸던 벤또 … 128

4 나그네살이

배불리 먹고 낮잠 한숨 … 137

어느 노천카페의 마늘 수프 … 144

외베눔 마을의 브뢰첸과 배맛 … 151

독일의 가정식 … 157

추억의 에스프레소 한 잔 … 164

나이든 창부 같은 도시, 베네치아 … 171

카프카의 음울한 눈이 생각나는 밤에 … 178

5 밥도둑, 토박이 음식

주문진에서 막을 내린 청춘 시대 … 187

불목하니로 절밥 신세 지다 … 193

경상도 음식 순례 … 200

전라도 한정식 … 207

땅끝에서 만난 새로운 맛들 … 213

바다의 선물, 맛의 혁명 … 221

고봉밥을 먹어치우는 밥도둑놈 … 228

구쟁기된장국에 자리물회 한 점 … 236

사람 거시기 먹고 자라는 돈통시 … 242

떠나간 친구가 남긴 맛 … 250

이별주나 한잔 할까 … 256

초판 서문—먹지 않는 시간은 시간이 아니다 … 265

1 유배지의 한 끼니

나는 석방되던 마지막 해의 겨울에 눈 오는 날, 카드깡으로 들어온 준식이와 부쳐 먹던 김치전을 생각한다. …… 머리 위로는 싸락눈이 풀풀 날리고 우리는 아궁이 앞에 쪼그리고 앉아서 마가린을 프라이팬에 녹여 김치를 섞은 밀가루 반죽을 부어서 부쳤다. …… 김치부침개는 잘 익으면 가장자리가 아삭거리고 고소하고 제일 맛이 있다. 거길 떼어 먹다가 바라보니 준식이 눈에 눈물방울이 고였다가 톡 떨어진다.

철모에 삶아 먹은 닭 두 마리

술자리나 동창 모임 같은 자리에서 남자들끼리 모이면 가장 오랫동안 끊기지 않고 길게 지속되는 얘깃거리가 바로 군대 이야기다.

군대 이야기는 대개 몇 가지로 그 특성을 집약할 수 있다. 남들은 다 뭣 빠지게 고생했지만 자기는 요령과 능력을 발휘해서 '재미있고 편하게 군대 생활을 했다'는 것이며, 자기가 얼마나 운좋게 특과로 빠지게 되었는지, 그래서 주로 상관과 고참을 골탕 먹이면서 위세를 부렸다는 얘기 등등이다.

얘기 끝에 꼭 덧붙이기를 요새 군대는 아저씨 고참들 말

투대로 '빳다가 폐지되고 기합이 빠져서 할랑한' 민주화가 된데다, 나라가 살 만하여 '반찬 투정'이나 할 정도로 식사도 좋아졌다고 가볍게 넘어가버린다.

그렇지만 개개인의 속사정을 알고 보면 신성한 의무라는 '군대'는 예나 지금이나 젊은이들에게는 젊은 꿈을 유보시키고 일정 기간 국가 권력의 군율로 족쇄를 채우는 악몽임이 틀림없다. 지나고 보면 늘 사람 사는 곳의 그럴듯한 '인정'으로 달리 채색되어 있지 않던가.

처음에 훈련소에 가입대를 하면 비위가 약하거나 도회지에서 반찬을 가려 먹던 젊은이들은 한 이틀은 밥을 먹지 못한다. 훈련을 받으면서 사나흘 지나자마자 꿀맛으로 변하기는 하지만…….

내가 군에 갔던 육십년대에는 나라의 경제가 신통치 않은 때여서 부식이 정말로 형편없었다. 일 년 삼백육십오 일을 콩나물국만 먹었으니 오죽하면 콩나물 늘어놓는 길이로 고참 순을 따졌겠는가. 멀건 된장에 배추 오래기나 콩나물이 떠 있고 두부가 가끔 나타났으며 '왕건이'라야 통째로 넣은 꽁치가 고작이었다. 그것도 취장에서부터 유리한 부서 순으로, 다시 막사에 오기 전에 고참 순으로 건져내어 나중에는 꼬리나 대가리나 가시만 바닥에 가라앉아 있다.

맛을 내고 간을 맞추는 데 양념이라고는 된장, 고추장, 그리고 소금이 전부였다. 특히 생선이 '헤엄만 치고 지나간' 콩나물국은 거의 소금국이었다. 훈련병 시절에는 뭐든지 뱃속으로 들어가지만 기간 사병이 되어 부대에 배치받고 반년쯤만 지나도 세 끼니의 밥을 넘기기가 곤혹스런 일이 된다.

신병이 부대에 배치되어서 가자마자 하는 일이 고참들의 식사 당번인데, 제일 먼저 매점에 가서 화학조미료를 사다가 군복 윗주머니에 지참해두어야 한다. 국을 받아오면 제일 먼저 국을 맛있게 드시라고 조미료를 적당량 털어 넣는다. 자기 것은 포기하더라도 아랫것들 국 속에서 건더기를 건져서 따로 반찬거리를 만든다.

콩나물은 건져내어 알토란같이 아껴 쓰는 박카스 병에 담긴 참기름을 치고 관급 고추장에 비벼서 콩나물무침을 만들고, 두부는 건져서 간장과 참기름을 쳐서 두부무침을 만들고, 뭇국의 무를 따로 건져서 고춧가루 조금 치고 간장 쳐서 무나물을 만든다.

그래도 고참들은 뭔가 특식을 요구하게 마련인데, 지난번 아무개는 밖에서 무엇이든 조달해오던 천재였다면서 새로 온 신병의 창의성 없음과 무능함을 꾸짖는다. 그래서 남들 다 자는 밤에 신병들 몇몇이 짝을 지어 철조망을 넘어 부대 인근의 민가로 보급 투쟁을 나간다. 풋고추에 감자에 오이며 호박은 기본이고, 남의 장독에 가서 된장, 고추장은 물론이고 겨울에는 김장김치도 퍼온다. 재수가 좋을 때는 멀리 있는 양계장까지 진출을 해서 닭서리도 해온다.

대개 단위 부대의 작은 막사 창고에는 사제 석유곤로나 아니면 하다못해 등산 버너라도 준비해놓고 있어서 고참들을 위한 취사가 따로 이루어진다. 겨울에는 높은 사람들 눈을 피해 막사 안의 난로에서 직접 이루어지기도 한다. 어떤 녀석은 자신도 먹지 못하는 특식을 끼니마다 장만하는 일에 역증이 나서, 찌개를 끓여 바치기 직전에 침을 혀끝에 동그랗게 몰아서 퉤 뱉고는 휘휘 저어서 갖다주었다고도 한다. 그래서인지 고참들은 맛있게 먹으면서 요리 솜씨가 훌륭하다고 칭찬이 자자했다고.

그래도 주둔지에 있을 적에는 근처의 주민들도 그러려니 하여 민원이 그리 심하지 않은 편이지만, 무슨 훈련이나 작전으로 부대 이동을 하게 되어 다른 고장으로 가면 젊은 병사들도 뭔가 새로운 일이 없을까 하여 눈을 반짝이고, 민간인들은 줄지어 항의하고 민원이 속출한다. 그렇게 단속을 하건만 한창 식욕이 왕성한 나이에 입을 봉하고 앉았을

리가 없다.

훈련을 나갔다가 별명이 추장이었던 어느 동기생 녀석과 함께 닭서리를 나간 적이 있었다. 보전 협동이라고 탱크와 보병의 합동작전을 훈련하던 중이라 분대 단위로 이인용 텐트를 치고 야영을 하고 있었는데 한밤중에 아랫마을로 내려갔던 것이다. 우리는 낮에 그 집 앞을 지나치면서 대개의 지형지물을 관측해둔 터였다.

어쨌든 개가 짖는 통에 여러 마리를 잡아올 틈은 없었고 내가 닭장 앞에서 망을 보는 사이에 추장 녀석이 안으로 들어가 두 마리를 잡아 옆구리에 끼고 나왔다. 닭이 꼬꼬댁거리고 개가 요란하게 짖으니 주인이 누구요, 하면서 방문을 열었고 우리는 논두렁 밭두렁에 고꾸라지고 엎어지면서도 간신히 주둔지까지 땀투성이가 되어 기어왔다.

녀석이 어찌나 세게 비틀었던지 닭 한 마리는 목이 꺾여서 덜렁거렸고 또 한 마리는 아직 설죽어서 날개를 퍼덕거렸다. 나보고 처치하라는 것을 그저 닭의 모가지를 비틀어 군홧발로 지그시 누르고 기다릴 뿐이었다.

이제 튀겨 먹을 일만 남았는데 오늘밤 안으로 처치를 하지 못하면 분명히 내일 아침에는 이동을 하거나 상관들 눈에 띌 위험이 있었다. 하는 수 없이 철모를 벗어서 얼룩무

늬 위장 천을 벗기고 속의 파이버도 빼내고는 알철모를 만들어 물을 채워서 끓이는 수밖에 없었다.

내가 준비하는 동안에 추장 녀석은 어둠 속으로 들어가 마른 솔가지를 꺾어왔다. 먼저 불을 때서 뜨거운 물에 닭을 담가 털을 뜯고 다시 물을 끓여서 내장도 빼지 않은 닭을 통째로 넣어 삶았다.

물이 끓기 시작하자 아니나다를까 곁에 있던 텐트에서 구수한 냄새에 잠이 깬 분대원들이 하나둘씩 모여들었다. 닭이 대충 삶아지자 우리는 그래도 보급 당사자인지라 닭다리를 차지하고 몸통이며 다른 부위들은 깨끗이 다른 녀석들에게 넘겨주었다. 소금 대신에 라면 수프에 찍어 먹는 닭다리맛은 그만이었다. 뜯어놓았던 닭털은 증거 인멸을 위해서 텐트 안에 습기 방지용으로 깔아둔 판초 우의를 젖히고 맨땅에 파묻고 원상 복구해두었다.

지금은 작고한 시인 조태일도 군대 시절에 소대원들이 저지른 돼지서리를 얘기한 적이 있었다. 방법이 기묘해서 기억하고 있는데 릴낚시를 사용한다는 것이다. 낚시와 줄은 바다낚시용의 제일 큰 놈을 쓰는데, 끝에다 미끼로 고구마를 끼운다고 했다.

돼지우리 속으로 낚싯줄을 던지면 당연히 제일 힘 좋고

큰 놈이 덥석 물고 우적우적 씹는다. 그때 줄을 감으면 낚시가 돼지의 혀에 탁 걸린다. 우리의 문을 열어주고 살살 당기면 돼지는 버티지 못하고 골골골 낮은 소리를 내면서 잘도 따라온다고.

그날 밤 벽지의 초소에서는 난데없는 잔치가 벌어졌지만 이튿날 일대 색출 작전이 벌어졌다고 한다. 땅에 파묻었던 돼지의 네 굽이 나오는 바람에 들통이 나서 전 소대원의 봉급이 몰수되고 갹출까지 해서 돼지값을 물어주고도 주동자는 사단 영창살이를 했다나.

어느 통신 부대 출신의 친구에 따르면, 전봇대 애자를 깨면 안에 노란 유황이 들어 있는데 그게 닭서리에 그만이라고 한다.

유황 덩어리에 불을 붙여 닭장 안으로 던져놓으면 노오란 연기가 피어오르고, 횃대에 올라앉았던 닭들이 비실거리며 아래로 툭툭 떨어진다고 한다. 그때 포대를 들고 들어가 슬슬 주워 담아서 유유히 사라진다는 것이다.

건빵 다섯 봉지와 행복한 죽음

훈련병 시절에는 말할 것도 없고 기간 사병이 된 이후에도 교육을 받을 기회가 생기는데, 보통 때에는 군대의 세 끼니를 지겨워하던 녀석들도 꼭 피교육자 신세가 되면 두 가지 병이 도진다. 하나는 앉으면 저절로 눈이 감기는 졸음병이요, 둘은 주는 대로 먹기는 했지만 식사를 하자마자 다시 시작되는 배고픈 병이다. 이 허기증은 먹어도 먹어도 끝이 없어 교육 기간 내내 뭔가 배워야 할 내용은 들어오지 않고 온통 먹을 것 생각만 하다가 끝난다. 전쟁을 다룬 소설이나 영화에서도 먹는 타령은 세계 공통이다.

대개 훈련병 시절이나 재교육 기간에 기다려지는 게 주

말의 면회 시간인데, 모두들 잔뜩 벼르다가 식구나 친지를 만나는 자리라 반가운 인사는 대충 치워버리고 그들이 들고 온 보퉁이에만 정신을 판다. 갈비며 불고기는 초창기의 일이고 몇 차례 거듭되다보면 가족들도 눈치가 있어서 값싸고 양 많은 것으로 싸오게 마련이다. 시루떡, 인절미부터 전붙이와 호빵, 만두, 김밥, 심지어는 찐 고구마 등속인데, 이런 것들을 잔뜩 먹고 나서 허리춤에 싸들고 들어온다. 숨겨 들여오는 음식을 전우들에게 나누어주는 경우도 있겠지만, 대부분은 침상 밑에 감추어두고 배고플 때 야금야금 먹어치우려는 속셈이다.

교육기관의 하사관들도 모두 이런 사실을 알고 있어서 몇 가지 기합으로 통과의례를 준비해둔다. 우선 내무반에 들어서자마자 신고도 받지 않고 '쪼그려뛰기'부터 실시한다. 몇 번 뛰지 않아서 허리춤에 차고 온 먹을거리들이 툭툭 떨어지고 즉각 압수 처리된다. 전우애를 발휘시켜주기 위하여 다른 소대원들에게 분배되는 건 물론이다.

그리고 면회자 중 거의 절반 정도는 이튿날 배탈이 나거나 설사로 훈련에 지장을 주기가 십상이고, 그대로 취침시켰다가는 위경련이나 급체로 위생실에 실려가는 사고도 발생하게 마련이라 특별한 기합이 준비되어 있다. 즉 '침상 배치 붙어'라는 동작이 실시된다.

이층침대 끝에 다리를 대고 물구나무서기를 시키는 것이다. 면회실에서 열을 맞추어 복귀할 때부터 허리띠를 제대로 채운 놈이 하나도 없고 모두들 목구멍에까지 음식물이 치올라 헐떡거리며 바지는 배꼽 아래 간신히 걸려 있는 판인데 아! 거꾸로 서라니, 용코로 걸린 셈이다. 참지 못한 어느 병사가 먼저 꾸역꾸역 토해내면 그 냄새의 파급력으로 참고 있던 녀석들까지 줄줄이 내놓아버린다. 물론 일어선 다음에 '귀 잡고 뺑뺑이'를 실시해서 마지막까지 반납하고 나서야 통과의례는 끝난다.

군에서는 가끔 발생하는 일이지만 내가 훈련받을 때에도 과식 사고가 있었다. 지금은 어떤지 모르지만 당시에는 일주일에 한 번씩 비상식으로 건빵이 나왔는데 별사탕이 섞여 있고 아삭아삭하게 구운 것이 밥보다 더 맛이 있었다. 이것을 기간 사병들에게 돈 주고 사거나 지급받은 물품과 바꿔 먹기도 하였다.

어느 훈련병이 무려 다섯 봉지를 구해다가 낮에는 다른 녀석들 시선 때문에 먹지를 못하고 취침 시간에 개인 침낭 안에다 몽땅 쏟아놓고 오물오물 먹기 시작했다.

그런 짓은 나도 가끔 해보았고, 나중에 사회에 나와서도 광주에서 10·26 직후에 계엄법 위반으로 상무대 감방에 갇혀 있을 때에 경험한 적이 있었다. 내 독자라는 헌병이 가끔씩 요기하라고 건빵 한 봉지씩을 주었는데, 주위에 몇 알씩 나눠주고 나서 담요를 둘러쓰고 건빵을 한 알씩 천천히 씹어 먹었다. 그런데 아무리 조용하게 먹으려 해도 와삭거리는 소리가 어찌나 요란한지 마치 천둥소리 같았다.

그 병사도 남들이 모두 깊이 잠들기를 기다렸다가 먹기 시작했을 것이다. 하여튼 와사삭와사삭 씹어서 그 건빵 다섯 봉지를 새벽녘에 모두 해치웠건만, 취침 시간에 화장실을 가도 신고를 해야 되는 터에 물을 마실 재간은 없었나보다. 건빵이 비상식량인 것은 뱃속에 들어가면 몇 배로 불어나기 때문이기도 하다. 위장은 물론 식도까지 꽉 막힐 수밖에. 그렇게 한 젊은 병사는 행복하게 숨을 거두었다.

나의 유년 시절은 전쟁 기간이었다. 아니 태어나서 얼마 후에 해방이 되어 미군이 들어왔으니 미제 먹을 것에 대한 선망과 추억이 어린 나를 온통 사로잡고 있었다. 환상적인 갖가지 색깔의 드롭스가 그렇고, 묘한 향내 나는 젤리에 형용할 수 없이 혀끝을 사로잡던 초콜릿이며 추잉껌이 그랬다. 그리고 무엇보다도 이 모든 것들이 골고루 들어 있던 시레이션은 천국의 선물이었다.

전쟁 직후에 농촌에서는 먹을 것이 없어 보리개떡에 밀기울이 고작이었건만, 그래도 도회지에는 미군부대가 있어서 아무리 양식이 떨어져도 학교에 가면 우유죽도 나오고 옥수수죽도 배급했다.

시장 모퉁이에서는 '꿀꿀이죽'이 언제나 끓고 있었다. 미군부대에 용역으로 나가는 이들이 먹다 남은 음식을 불하받아다가 파는데, 성한 고깃덩이나 빵이나 통조림 음식은 좀더 값을 쳐서 팔고, 이것저것 합쳐서 내버린 음식 찌꺼기들은 한데 몰아서 무조건 끓이는 것이었다. 이게 단돈 십원이었다. 시장 장사치에서부터 지게꾼이며 아주머니며 아이들까지 균일하게 십 원 한 장이면 한 그릇씩 퍼주었다. 가끔씩 담배꽁초가 나오거나 은박지가 나와서 입맛을 잡칠 때도 있었지만, 요행히 햄덩어리가 나오면 횡재하는 셈이었다.

군에 있는 동안 형편없는 콩나물 소금국만 마시다가 월남 파병에 끼여 배를 타자마자 미군의 급식을 받게 되면서 그때의 황홀함이 되살아났다. 쇠고기 스테이크에서 돼지고기며 닭과 칠면조에 이르기까지 온갖 고깃덩이와 케이크에 아이스크림, 후식으로 주던 캘리포니아 도장 찍힌 오렌지의 맛은 전쟁터로 간다는 두려움을 대번에 날려보낼 정도였다. 야전에 나가서는 시레이션이 나왔는데 우리가 유년기에 먹던 것은 이차대전 때의 보급형이고 베트남전 당시는 개량형이었다.

그러나 그것도 한두 번이지 나중에는 모두가 질려서 김치 생각만 하게 되었고, 이 틈새를 노린 군납업자들이 케이레이션이라는 국산 야전식을 보급하게 되었다. 고추장, 멸치볶음, 김조림, 꽁치와 고등어, 김치 등속의 깡통이었는데 이것들과 미제 레이션 깡통의 프랑크푸르트 소시지, 햄 등속을 넣어 찌개를 끓여서 탄약통에 밥을 해먹었다.

베트남전이 끝나고 얼마 뒤에 경기도의 기지촌 부근에서부터 처음에는 미국 대통령 이름을 딴 '존슨탕'이네 '카터탕'이네 하면서 미제 깡통 고기와 소시지 김치 등을 넣은 찌개가 나돌더니, 아예 '의정부찌개' 또는 '부대찌개'라는 어엿한 이름을 달고 일종의 퓨전 요리로 정착하게 되었다.

이 찌개는 일찍이 내 목숨을 살린 적이 있어서 요새도 소주 반주하며 즐겨 먹는다. 바탄간 반도 작전에 끌려갔는데, 우리는 운좋게 해안 방어 소대라 상륙 부대의 후미에서 베이스캠프만 지키고 있었다. 가끔씩 밤에는 적의 박격포나 로켓포가 날아들었지만 낮에는 평온한 해수욕장 같은 곳이라 단독 무장도 풀고 기합이 빠져서 벙커에서 그야말로 '해골만 굴리고' 있었다.

취사 당번이 내 차례였는데 밥과 찌개를 실탄통에 담아서 불을 지펴놓고 뒤가 무둑해서 야전삽을 들고 볼일을 보러 모래언덕 위로 갔다. 그곳은 우리네 벙커보다 지대가 높아서 나쁜 냄새가 해풍에 실려 날아가는 지점이라 소대원들이 뒷간 용도로 정해놓은 장소였다.

자리를 잡고 먼바다를 내다보며 느긋하게 볼일을 보는데 아무래도 마음이 놓이지 않아 돌아보니 찌개가 넘치고 있는 중이었다. 실탄통은 처음에만 뚜껑을 닫고 일단 끓기 시작하면 얼른 열어주어야 하는데, 만약 그대로 두었다가는 고무 패킹이 열리면서 찌개가 사방으로 터져나간다.

아뿔싸, 저걸 열어야겠구나 싶어 얼른 바지를 올리고 바삐 모래언덕에서 뛰어내려오는데, 어디에선가 쌔액! 하는 소리가 들려왔다. 나는 야전에서의 본능대로 얼른 아래로 미끄러져 슬라이딩을 하면서 엎드렸다. 이어서 꽝, 하는 폭음과 함께 화약 연기와 모래가 나를 덮어씌웠다.

한참이나 엎드려 있다가 말짱하게 일어나서 돌아보니 모래언덕은 없어지고 거기 엄청난 구덩이가 패었다. 해상에 떠 있던 함정에서 밀림으로의 지원 사격이랍시고 함포를 오폭해버린 것이다. 물론 구원받지 못한 찌개도 뒤이어 터져버렸다.

법무부
한정식

미셸 푸코는 권력의 전형들을 다루면서 군대와 감옥을 예로 들었다. 군대와 감옥은 인간의 신체를 중심으로 규율을 통하여 반복적으로 '길을 들이는' 곳이다. 이러한 체제가 병원과 학교의 통제까지 형성한 셈이다.

규율이라면 소싯적부터 지긋지긋했던 터에 군대 삼 년에 감옥에서 다섯 해를 지냈으니 한번 맛 좀 보라는 팔자였던 모양이다.

구치소에 있을 때에는 그래도 식사가 좋은 편이었다. 그도 그럴 것이 아직은 형이 확정되지 않았으니 죄인은 아닌 셈인데다, 날마다 가족 친지들이 면회를 오고, 걸핏하면 변호사와 접견을 하게 되어서 관에서도 신경을 써주는 편이었다. 이른바 '검사는 불러 조지고, 판사는 때려 조지고, 가족은 팔아 조지고, 피의자는 먹어 조진다'는 말처럼 친지들이 차입해준 구매물이 넘쳐나고 영치금도 쌓이게 마련이다. 그래서 돈도 빽도 없고 가족들도 돌아보지 않는 '개털' 잡범들의 신세도 구치소 시절에는 영치품과 구매물의 인심이 후해서 살도 통통 찌고 속옷이나 침구 같은 준비도 구치소에서 마련하곤 했다.

사식도 여러 종류가 있어서 경제사범 같은 '범털'들은 관식을 거의 먹지 않고 입맛대로 골라 먹었다. 범털들은 구치소 식사를 '법무부 한정식'이라고 불렀는데, 구매물에는 없는 것이 없어서 밥과 국, 그리고 찬 두 가지의 규정식 외에 김, 각종 나물, 젓갈, 장조림, 장아찌, 통조림 등등 한 열 가지 이상을 주욱 늘어놓고 먹었다.

그야말로 진수성찬이라 교도관들도 점심에 직원식당으로 가지 않고 '소지'라고 하는 봉사원이 차려주는 백반상을 받는 경우가 종종 있었다. 반찬 가짓수가 얼마나 다양한가 하면 젓갈 한 가지만 놓고 보더라도 오징어젓, 꼴뚜기젓, 명란젓, 어리굴젓, 새우젓 등속이 다 있으니 이건 징역을 사는 게 아니라 그야말로 가족들이 팔아 조져다가 수인을 먹는 일에 전념하도록 만든 꼴이었다.

이런 게 정통성 없는 군사정권 때에 정착이 되어 '사식' 이랍시고 번성하여왔던 것이다. 아니나 다를까 민간 정부로 넘어온 뒤 한 해가 지나서 이 제도는 부조리의 온상이 된다고 하여 폐지되어버린다.

형이 확정되어 교도소로 이감을 갔는데 낯선 것은 그렇다 치고 우선 식사가 형편 무인지경이 되어버렸다. 사식은 아예 없고 구매물도 생활필수품 위주로 한정되어 있었다. 그리고 교도소 당국은 먹을 것으로 수인들을 교묘히 통제했다.

다른 무엇보다도 지방 교도소는 시설도 열악하고 수인의 숫자도 많지 않아서 부식 구입에 불리하다. 하루 부식비가 수인 일인당 천 원 정도 되는데 거기에 연료비가 포함되어 있으니 매끼 삼백 원도 채 못 되는 셈이었다.

이전 같으면 구매물의 품목이라도 많아서 관급 부식이 신통찮아도 어떻게든 해결이 될 텐데, 부조리를 없앤다고 대폭 줄여서 일식삼찬이라는 원칙으로 또박또박 관식을 먹어야만 했다.

수인들은 모두 규율 면에서도 그렇고 의식주도, 교도소 안에서만은 풍성하고 헐렁했던 군사정권 시절이 훨씬 살기 좋았다고 원망 섞어 말했다. 그렇지만 형편이 나쁘면 나쁜 대로 어떻게든 먹고살아갈 방도가 생기는 것이 사람 사는 세상의 이치다.

나는 요주의 인물 취급을 받아서 일반수들은 물론 다른 젊은 정치범들과도 분리되어 징역을 살았다.

처음 몇 년 빡빡하던 시절에는 일반 잡범들의 사동 맨 끝에 복도를 철창으로 막고 독방을 만들어 수용했다. 그것은 일반수들 십여 명이 합방하는 3.5평짜리를 세 칸으로 나눈 방이었는데, 벽 두께며 창과 문짝 등속으로 방 하나가 그야말로 0.8평 정도의 넓이였다.

일반수들은 모두가 취역수들이라 낮에는 소내 공장에 나가고 드넓은 사동에 나 혼자 남게 마련이었다. 그러니 아래층에 미취역수들 방이 있어서 교도관이 지키고는 있었지만 수시로 나를 시찰하러 이층까지 올라올 수는 없었다.

독방에 혼자 두자니 사람 속을 알 수가 없어 언제 세상을 비관하고 자살이라도 할지, 혹은 화가 나서 자해라도 할지, 아니면 기묘한 수를 내어 탈옥을 꾀하게 될지 알 수 없는 노릇이었으리라. 그래서 관구에서 생각해낸 방책이 나에게 봉사원을 붙여준 것이다. 교도관이라도 높은 사람이나 그들을 봉사원이라고 부르지 사실은 수인부터 담당 교도관에 이르기까지 모두들 일제 시대 그대로의 이름인 '소지'라고 부른다. 한자말로 청소를 뜻하는 '소제'의 일본식 발음이다. 제도가 말을 규정한다고도 하고 그 반대라고도 하지만, 일제 시대 거의 그대로의 행형 제도가 아직도 옥내 용어를 일본말로 남겨두고 있는 셈이다.

하여튼 그래서 평균 육 개월씩 잡아서 나와 함께 생활한 소지가 오 년 동안 십여 명이 되었다.

그들은 사동 안팎의 청소를 담당하고 하루 세 끼니의 배식을 하며, 안에 갇혀 있는 수인들과 복도에서 수직하는 교도관들의 잔심부름을 도맡아 한다. 그리고 수인들의 방에서 일어나는 일거일동을 담당에게 알려주는 은밀한 임무도 맡는다. 특별 독거수가 된 나 하나를 위해서 봉사하는 일이라 그랬는지 소지들은 서로 내 담당이 되려고 애를 썼다.

그들은 대개가 이십대 초반의 젊은이들이라 내게는 거의 아들뻘이나 마찬가지였고 죄명도 갖가지였다. 겪다보니 내게 소지로 오는 아이들 대부분이 절도가 아닌가. 같은 죄수 신세로 그들의 수발을 받는 데 별다른 불평이 있을 리가 없지만 궁금한 생각이 들었다. 한번은 관구 계장에게 물었다.

"어째서 내게 보내는 아이들은 모두 절도 출신입니까?"

"왜요, 뭐 불편하세요?"

"아니, 점잖게 탈영병이라든가 혹은 교통사고라든가 있지 않소."

"모르시는 말씀입니다. 오죽 게으르면 군대 생활도 제대로 못 견디고 탈영을 했겠어요. 교통사고 출신도 젊은 애들은 거의가 음주에 뺑소니에 인명 사고인데, 놀기만 좋아하고 뺀질뺀질하지요."

"그럼 절도는?"

"도둑질, 그거 부지런해야 먹구삽니다. 미리미리 털 집을 봐둬야죠, 시간 맞춰 현장 도착해 망봐야죠, 숨어서 기다려야죠, 직접 털어야지요. 무거운 짐 지고 도망가야죠, 장물아비 찾아서 처분해야지…… 한두 가집니까? 그애들 여기 오면 참 양순한 애들입니다. 부지런하고 순하고 아주 소지로 맞춤하지요."

나는 계장의 말에 입을 다물었다. 다분히 일리가 있는 소리였기 때문이다. 교도소 수인들 사이에서도 절도는 그냥 '도둑놈'이라고 하여 서열상 맨 아래다. 그것은 교도관들이 수인들을 멸시하여 부르는 총칭이 '도둑놈들'인 것을 보면 알 수 있다. 맨 위가 깡패들을 부르는 '조폭'이며 우습게 취급받는 이들은 '물총'이라고 하는 강간범인데, 처음에

신입으로 입방했을 때만 그렇지 결국 이들도 절도 취급은 받지 않는다. 절도는 결국 서럽고 배고픈 놈들이라는 점에서 감옥 먹이사슬의 맨 하위 계층인 셈이다.

나는 이 단순한 젊은이들과 매일의 끼니를 의논하며 살아가는 동안에 그들을 친조카나 자식처럼 사랑하게 된 경우도 여럿이었다. 언젠가는 '소지열전'을 써보고 싶은 생각도 있을 정도다.

건오라고 해두자. 건오는 문화재 절도로 들어왔다. 어머니가 일찍 돌아가시고 아버지가 재혼을 해서 계모 밑에서 시달리다가 부산으로 가출을 했다.

중국집 배달 소년에서 시작하여 음식점을 전전하면서 경양식 기술을 익혔다. 부지런히 벌어먹고 살 만한데, 전에 같이 일하던 녀석이 절도로 몇 번 소년원이며 교도소를 들락거리더니 유명한 절집에 가서 금불상이며 탱화며 하는 값진 것들을 털어왔다. 그래서 그 장물들을 건오 자취방에 맡겨두었다.

일부는 자기가 가지고 있었는데 그 무렵에 같이 동거하던 술집에 나가는 여자친구가 돈이 궁색하여 몰래 금불상 하나를 내다가 골동품점에 팔려고 했다. 주인은 대번에 이것이 수배된 장물인 것을 알아보고 신고했다. 그래서 건오는 영문도 모르고 일망타진된다.

내가 건오를 잊지 못하는 것은 열여덟 차례의 단식을 했던 중에서 가장 길고 혹독했던 이십이 일간의 본단식과 한 달 남짓한 복식을 치른 그 긴긴 겨울을 함께 보냈기 때문이다.

범치기 요리

정치범의 단식은 대개 세 가지 이유로 시작된다.

첫째는 그야말로 정치적인 이유로, 바깥 사회에서 대의명분에 어긋나는 일이 발생했다든가 해마다 돌아오는 광복절이며 삼일절이며 하는 날에 맞춘 정치적 행사로서 하게 된다.

둘째는 옥내의 정치범 처우에 관한 것으로, 이를테면 편지 검열이라든가 금지된 서적이나 면회의 제한 등등 사상표현의 자유에 관한 사항들에 대해서다.

셋째로는 일반수들의 생활에 관한 것들로, 가장 빈번한 것이 먹는 문제인 주부식 개선이며 의식주 문제, 구타 욕설에 관한 문제, 면회 서신 문제, 운동 시간 문제 등등이다.

대개는 일주일이 가기도 전에 서로 타협이 이루어져 개선이 되거나 해결이 되어 단식이 끝나지만 어떤 경우는 양측이 팽팽히 맞서서 보름을 넘기기도 한다. 단식은 그야말로 음식물을 대번에 딱 끊는 것이다. 처음에 사흘이 가장 어렵고 나흘, 닷새째가 되면 안정이 된다.

나는 사회에서도 체질 개선이나 대안 의학에 관한 책들을 보고 단식을 했던 경험이 있어서, 비록 예비 단식 기간이 없었지만 정장제인 마그밀을 먹고 고무호스로 관장을 하고 나서 물만 마시며 버티었다. 1.5리터짜리 페트병에 담아온 냉수를 하루에 마셔야 했다.

일주일 가까이 되어가면 먼 데서 된장국을 실은 배식 밀차가 출발하자마자 그 냄새를 느낄 수 있다. 그러면서도 운동 시간에는 나가서 한 시간씩 걸었으니 거리로 치면 6킬로미터쯤은 되었을 것이다.

보름이 넘어가면 음식물이 존재하는지조차 잊어버리게 되고 잠이 적어지며 기분이 착 가라앉는다. 추위는 뼈에 스미는 것처럼 생생하다. 이때에 내가 생각 못했던 점이 있었는데, 속은 좋아지는지 몰라도 체내에서 칼슘이 급속하게 빠져나가는 관계로 이에는 최악의 영향을 준다고 한다.

역시 그래서인지 정치범들치고 몇 년 살고 나와서 이가 성한 사람이 드물다. 그렇게 건강하던 문익환 목사의 경우에도 감옥에서 한 번 살고 나올 때마다 이가 서너 대씩 빠졌다고 한다. 내 경우에는 위에 여섯 대, 아래에 다섯 대 해서 열한 대가 망가졌다. 그래서 석방 후 임플란트를 해넣느라 3년 넘게 치과를 부지런히 드나들었다. 따져보니 한철에 한 번씩은 단식을 했던 셈인데 모두 열대여섯 번쯤 되는가보다. 길게는 이십 일 이상이나 한 적도 있다.

문제는 단식을 끝내고 복식을 시작하는 단계인데, 바로 이때야말로 가장 어렵고 위험한 기간이다. 그리고 이 기간의 음식맛은 마법처럼 오묘하고 기가 막히다. 육식이 얼마나 사람에게 맞지 않는 음식인가는 이때의 냄새로 알 수가 있다. 거의 누린내 비슷한 썩은 냄새가 나고, 생선 비린내는 식사 때가 지나고 나서도 온 사동에 하루 온종일 배어 있는 것을 느낄 정도다.

내가 잊지 못하는 '내 새끼 건오'는 단식중에도 국그릇을 살그머니 식구통 안으로 들여놓고는 하다가 내가 호되게 야단을 치고 나서 그만두었는데, 복식을 하게 되자 나를 도와주려고 애를 썼다.

취장에서는 환자용으로 신청하면 죽과 미음을 준비해주

는데 그냥 쌀을 대충 갈아서 끓인 멀건 흰죽이었다. 건오는 이 흰죽을 받아두고, 취장 아이들에게 납작보리를 얻어다 주전자에 푹 삶아 으깨어 이것을 흰죽에 넣고 다시 끓여다 주었다.

나는 본능적으로 냄새에 이끌려 관급 된장을 얻어다가 살짝 넣어 끓이도록 했는데, 된장에 끓인 보리죽의 그 맛은 지금도 잊지 못하여 아침에 속이 더부룩하거나 좀 굴풋한 밤중에 곧잘 끓여먹는다. 쌀과 보리를 대충 설갈아서 멸치 다시 물에 된장을 풀어 끓이는데, 이때에 미역을 잘게 썰어서 넣거나 아욱이나 시금치를 잘게 썰어 넣고 끓이면 더욱 맛있다.

그리고 이월 중순이 넘어가면 양지바른 곳에 이른 봄쑥이 고개를 내밀기 시작하는데, 건오와 나는 운동 시간에 나가면 교도소의 기다란 담 밑에 돋아나기 시작한 여린 쑥을 뜯곤 하였다. 한 시간쯤 뜯어 한두 줌이 되면 복도의 난로에 주전자를 얹어놓고 먼저 다시를 낸다. 멸치를 구하면 좋겠지만 없을 때에는 마른 오징어 다리를 전날 찬물에 담가 두었다가 부드러워진 것을 팔팔 끓는 물에 넣고 우려내면 제법 구수한 맛국물이 된다. 여기에 된장 풀고 여린 봄쑥을 넣어 쑥국을 끓이는데, 향긋한 냄새가 온 사동 안에 진동할 정도다.

명절 무렵이면 재소자들은 슬슬 양조를 준비하게 된다. 감옥에서 술은 물론 엄금되어 있는데, 추운 겨울철이나 명절이 돌아오면 검방에 간을 졸여가며 술을 담근다.

매점의 구매 물품인 요구르트를 사다가 음료수병에 쏟아 붓고 곰팡이 피운 빵을 뜯어 넣고는 원기소를 넣은 뒤에 양지바른 창가에 놓아두면 일주일쯤 지나서 먹을 수 있다.

포도주스에 설탕과 곰팡이 띄운 빵을 뜯어 넣으면 포도주 비슷한 과일주가 되기도 한다. 옆방이 돌연 술렁술렁하고 누군가 헛소리를 하든가 노래를 부르면, 저 방에서 지금 밀주를 개봉했다는 것을 대번에 눈치챌 수 있었다.

건오 뒤에 몇 차례 건너서 내게 오게 된 소지 아이로 의영이란 녀석이 있었는데 그는 조폭이었다. 그러나 보스 급은 아니고 이른바 어느 지역의 독불장군 비슷한 아이였다. 아이는 천성이 착하고 조용했지만 일단 화가 나면 걷잡을 수 없을 정도로 과감하고 무지막지해졌다.

녀석의 배에는 구렁이가 지나간 것 같은 상처가 있었는데 칼을 맞고 수십여 명과 싸운 상처라고 했다. 의영이는 시골 읍내가 도시화의 개발 바람을 맞으면서, 외지의 폭력배와 투자자들에게 저항하는 동안 자연스럽게 그 지역의 깡패로 나서게 된 아이다.

나는 의영이와 함께 사동 사이에 있는 좁은 빈터를 빌려서 채소를 가꾸었다. 상추, 쑥갓, 케일, 열무는 씨를 뿌려서 가꾸고 고추, 가지, 오이, 호박, 깻잎 등속은 이른봄에 비닐 조각을 얻어다가 온상을 만들어 모종을 내어서 옮겨 심었다. 그리고 가을철에는 배추를 모종하여 심었다.

우리는 텃밭 가꾸는 일에 흠뻑 빠졌고, 여름날 여린 열무청을 썰어 넣고 고추장으로 비벼 먹거나 라면을 삶아 헹궈서 열무를 썰어 넣고 비빔국수를 해먹기도 하였다.

간장과 된장에 깻잎을 담가두었다가 겨우내 먹기도 했는데, 특히 가을에 걷은 배추를 갈무리하여 겨우내 쌈도 싸먹고 무쳐 먹기도 했다. 배추를 신문지에다 겹겹으로 싸서 매점에서 빌려온 플라스틱 박스에 넣어서는 계단 밑 으슥한 비품 창고에 보관하면, 배추가 잎이 마르지도 않고 겨우내 방금 밭에서 뽑은 것처럼 싱싱했다.

된장과 마가린과 삶은 감자 등속으로 짜장면 비슷하게 만들어 먹기라든가, 삶은 라면발에 두유를 부어서 콩국수를 만들어 먹기, 또는 국에서 건진 두부와 콩나물과 김치와 삶은 돼지고기를 다지고 밀가루 반죽을 밀어서 만두 해먹기 등등의 짓들은 대개 징역 삼 년이 넘은 고참들이나 하는

'범치기' 요리이다.

나는 석방되던 마지막 해의 겨울에 눈 오는 날, 카드깡으로 들어온 준식이와 부쳐 먹던 김치전을 생각한다.

우리는 무기수인 영선반 작업반장에게 부탁해서 양철 프라이팬을 마련했다. 그것은 난로의 연통을 길게 펴서 네모반듯하게 사방을 접어 올린 것이었는데, 굵은 철사로 손잡이까지 만들어 달았다.

실내에서는 다른 재소자들 눈이 있으니까 '만기방'이라고 석방 이틀 전에 나가서 묵는 독립 사동에 가서 연탄아궁이 불에다 부침개를 부쳤다. 머리 위로는 싸락눈이 풀풀 날리고 우리는 아궁이 앞에 쪼그리고 앉아서 마가린을 프라이팬에 녹여 김치를 섞은 밀가루 반죽을 부어서 부쳤다. 역시 김치부침개는 잘 익으면 가장자리가 아삭거리고 고소하고 제일 맛이 있다. 거길 떼어 먹다가 바라보니 준식이 눈에 눈물방울이 고였다가 톡 떨어진다.

"왜 그래, 뜨거워서 그러냐?"

"아니요."

"그럼 뭣 땜에 그래?"

"어머니 생각 나서요."

2 흘러간 사랑

나는 차와 파이를 먹으면서 어느 밤의 붉은 촛불이며
그녀를 생각했다. 객석은 물론 무대 위의 조명도 하나씩
꺼져가고 그녀는 이미 늙어 있을 것이다.

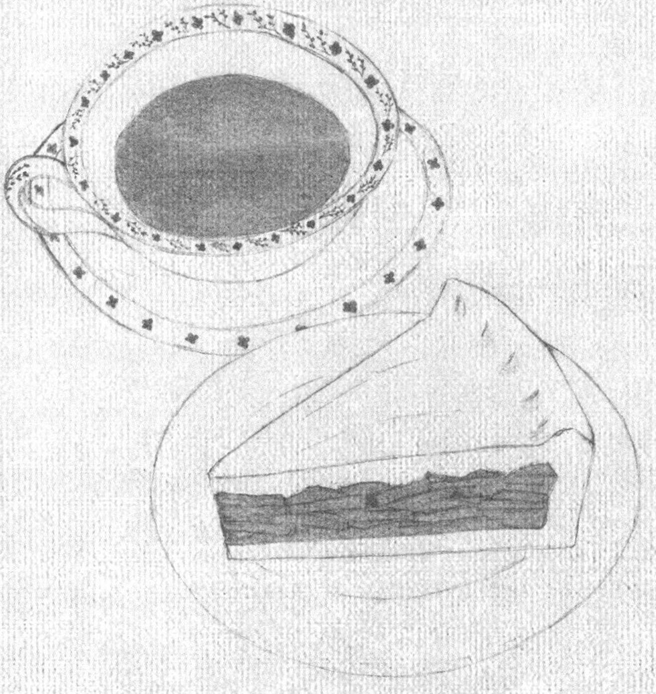

기억의 고리,
그 시작과 끝

지나간 날의 사랑을 기억해내는 데 있어서도 남자와 여자는 차이가 있다고 한다.

즉, 여자는 연장되지 않은 사랑의 대상에 대하여는 깡그리 잊어버리고 현재의 사람에 관한 가까운 기억으로 대치시킨다는 것이며, 아니면 할머니나 삼촌이나 사촌 형제나 또는 어린 시절의 소꿉친구를 떠올리듯이 친근하고 일상적이던 추억을 간직한단다.

그에 비하면 남자들의 흘러간 사랑에 대한 기억은 대부분이 퍼즐을 맞추어놓듯이 여자와 가졌던 에로틱한 순간들을 모아서 간직하거나, 좋고 나쁜 일에 대해서도 전체의 줄

거리는 잊어버리고 어느 시간의 미세한 부분만을 곰살궂게 기억한다는 것이다.

흔히는 남녀가 그 반대일 것이라고 여기다가도 스스로 돌이켜 생각해보면 맞는 구석이 많은 것 같다. 거친 세상으로부터 따로 떼어놓은 감각적이고 부질없는 순간들과 잠재된 욕정이 오히려 남자들의 옛사랑에 대한 추억의 본모습이라니, 어쩐지 수컷이 슬프게 여겨진다.

프로이트 선생의 말씀을 듣지 않더라도 성욕과 식욕은 어릴 적부터 잠재되어 생을 살아가는 동안 우리를 지배한다. '남녀가 함께 밥을 먹으면 정든다'는 우리네 속담은 일리가 있는 말이다. 『영혼의 집』으로 유명한 칠레의 작가 이사벨 아옌데는 자신이 사랑했던 남자와 같이 먹었던 요리에 대한 얘기로 책 한 권을 쓸 정도였다.

어느 먼 산골이나 바닷가 어촌에서 두 사람이 먹던 음식의 맛은, 지금 아무데서나 다시 찾아 먹을 수 있는 흔한 먹을거리라 할지라도 다시는 되살려낼 수가 없다. 또한 그녀가 가끔씩 콧노래를 부르며 아침을 준비하던 달그락거리는 그릇 부딪는 소리와, 식탁 맞은편에서 따뜻한 눈빛으로 이편을 건너다보던 날의 맛을 어디서 되살려낼 것인가. 손가락 사이로 새어나가는 물처럼 지나간 시간은 자취도 없지만 그 감각만은 생생하다.

전쟁 때, 우리 식구는 지금은 경기도 광명이라고 부르는 광매이로 피난을 갔었는데 농가의 외양간을 빌려서 여름 한철을 보냈다. 벽이 삼면만 있고, 앞은 툭 터진 대신에 통나무 속을 파낸 여물 구유가 버티고 있었다. 소는 전쟁통이라 없어지고 더러운 건초 더미만 쌓였는데, 쇠똥이며 짚 덤불을 깨끗이 치우고 나서 흙바닥 위에 멍석을 깔고 기둥 네 귀퉁이에 모기장을 쳐서 잠자리를 만들었다. 도회지 사람들의 피난살이라는 게 어디나 같아서, 쓸 만한 물건들을 식량 가진 촌사람들에게 야금야금 내주며 버티게 마련이었다. 재봉틀이 없어지고 옷가지와 귀금속이 없어지고 자전거가 사라지는 식이었다.

나는 근처 개천에 가서 송사리도 잡고 개구리도 잡으면서 동네 아이들과 어울렸는데, 지금 이름은 잊어버렸지만 내 또래의 계집아이가 생각난다.

당시의 시골 아이들은 여름철이면 그냥 고무줄 넣은 검은 무명 팬티 하나로 벌거숭이가 되어 뛰어다녔는데, 그래도 나는 어머니 때문에 위에다 러닝은 걸쳐야 했다.

우리 식구가 빌려 살던 집 건너편에 그 아이가 살았다. 그 아이네 집은 참외밭을 가지고 있었는데, 집 앞에 멍석을 펴놓고 참외를 팔았다. 함지에 참외나 찐 옥수수를 담아 놓고 아이의 할머니가 나와서 앉아 있곤 했다.

어느 저녁녘에 어머니는 나와 누나들을 데리고 가서 참외를 사주었고 그때 계집아이를 알게 되었다. 아이는 시골아이 같지 않게 누나들처럼 간탄후쿠(원피스)를 입고 있었다. 그리고 작은 코고무신을 신었던 것도 생각난다. 할머니와 어머니가 주고받던 먼 고장에 대한 이야기들은 재미있고 신기했으며, 모깃불이 타는 냄새와 별이 우수수 쏟아질 것 같던 밤하늘은 아주 가깝게 머리 위에 내려앉아 있었다. 나는 멍석 위에 팔베개를 하고 누워서 계집아이와 북두칠성 찾기 내기도 하고 별똥이 흐르는 것을 바라보기도 하였다.

언젠가는 동네 아이들과 숨바꼭질을 하고 있는데 그애가 나를 불렀다. 그애는 한 손을 치맛자락 안에 감추고 있다가 내게 내밀었다. 그건 방금 솥에서 긁어낸 누룽지였다. 아주 딱딱하게 탄 것이 아니라 거죽의 밥알과 덜 탄 누룽지를 함께 긁어내어 동그랗게 뭉친 것이었다. 사실은 그런 상태가 아이들이 제일 좋아하는 누룽지다. 한입 베어 물면 부드러운 밥알이 씹히면서도 속에서 바삭바삭 눌은 쌀알이 씹힌다. 아이가 작은 소리로 말했다.

"수남아, 너만 먹어!"

나는 누룽지를 받아먹으면서 어쩐지 좀 부끄러웠다. 그리고 이상하게도 죄를 지은 듯한 은밀한 느낌이 들었다.

하늘에 고추잠자리가 가득히 날아다니던 날이었으니 팔월 말쯤이었을 것이다. 우리 식구는 그 무렵에 괭매이를 떠나 영등포로 돌아갔다. 한낮이었는데 건너편 사립문 앞에서 그애가 나를 불렀다. 마당으로 들어가니 모두 들에 나갔는지 집안에는 아무도 없었다. 그애가 부엌에 들어가더니 큰 쇠솥 안에서 찐 단호박 몇 토막을 들고 나왔다. 우리는 마루에 앉아서 함께 먹었다. 호박은 식었지만 말랑하고 단맛이 그만이었다.

마당에는 장닭과 암탉들만 이리저리 돌아다니며 벌레 사냥을 하던 중이었다. 그애가 갑자기 배가 아프다면서 눕더니 할머니처럼 배를 쓸어달라고 했다. 나는 참새의 가슴처럼 따뜻하고 쉴새없이 오르락내리락하는 그애의 배에 손을 얹었다. 그리고 몇 번인가 아래위로 쓸어내리는 중에 갑자기 멈추고는 화가 난 것처럼 얼른 일어나서 달아나버렸다. 고추가 갑자기 뜨겁고 아픈 느낌이 들었던 것이다.

그런 일이 있은 후 내가 한 여성에게 이성의 감정을 처음으로 느낀 것은 고등학교 때였다. 집을 나가서 남도를 돌아다니다가 왔을 무렵이니까, 자신이 이미 세상을 다 겪은 어른이라고 생각하던 무렵이었다. 〈흑인 오르페〉라는 영화를 둘이서 보았던 생각이 난다.

대학에 갔을 때였는지 군대에 갈 준비를 하던 해였는지 자세한 건 기억나지 않는데, 서해안의 어느 섬에 갔다가 태풍 때문에 며칠 동안이나 배가 끊겨서 갇혀 있었다.

몇 가지 특별한 기억이 있다. 민박을 하던 집의 뒷간은 마당 뒤편에 텃밭을 건너서 멀찍이 떨어져 있었는데, 그냥 항아리를 묻고 소나무 가지로 나지막한 울타리를 세워놓은 게 전부였다. 그녀가 밤에 뒷간엘 가려면 무섭다고 꼭 나를 데려가서 울 밖에 파수를 세워놓곤 했다. 그러면 나는 자리를 떠나지 않고 확실하게 보초를 서고 있음을 알리기 위해 노래를 불러주어야 했다. '날 저문 하늘에 별이 삼 형제 반짝반짝 정답게 지내이더니……' 같은 노래였을 것이다. 그건 누나가 변소에 간 나를 지키러 와서 저도 무서우니까 부르던 노래이다.

하여튼 그 집에서 배가 올 때까지 몇 날 몇 밤을 지내는데, 비가 부슬부슬 내리던 날에 그 댁 아주머니가 떡을 했다며 맛이나 보라고 보시기를 우리 문간방으로 건네주었다. 이게 웬 떡! 호박시루떡이었다.

늙은호박을 길게 깎아서 말려두었다가 쌀가루 한 켜, 검은콩 한 켜, 호박 한 켜를 차례로 깔아 시루에 쪄낸 것이다. 어느 때에는 대추나 밤도 박아넣는다. 호박의 단맛은 은근하고 너무 달지도 않아서 구수한 단맛이라고나 할까. 우리는 뜨거운 떡을 호호 불면서, 가끔씩 손가락에 달라붙는 찐득한 호박을 빨면서 떡을 먹었다.

그래서 괭매이의 소녀를 기억해내게 된 것일까, 아니면 괭매이의 단호박을 떠올리다 그 섬에서의 민박을 생각하게 된 것일까.

세상으로 나가는 남자의 창

페미니스트가 들으면 발끈할지도 모르지만, 절망에 빠져 좌절한 남자에게는 여성이 세상과 닿는 통로이며 자기 존재를 확인시켜주는 또다른 자아라고 할 수 있다. 사랑에 빠질 때 그렇다는 말이고, 어느 정도 지나면 서로 냉정한 타인으로 돌아가게 마련이다.

헤밍웨이의 초기 단편을 보면 전장에서 돌아온 젊은이의 허무와 자폐증에 대한 심리 묘사가 곳곳에 나온다. 죽음의 본질 비슷한 것을 곳곳에서 엿보고 돌아온 자는 생이 덧없고 쓸데없는 짓이라는 걸 눈치채게 된다.

군대에서는 의학적으로 '전쟁 공포증'이니 '야전 신경증'

정도로 다루며 후송과 '휴양'을 강조하고 있다. 휴양의 행위 중에서 가장 필요한 것이 여자와의 접촉이다. 성행위를 하든 안 하든 간에 여성과 술을 마시거나 이야기를 하거나 최소한 간호만 받아도 안정을 되찾는다. 그래서 나이팅게일 이후 『무기여 잘 있거라』에 이르기까지 전장의 병사들에게 여성은 '천사'나 다름없다.

내가 베트남에서 돌아와 제대를 하고 집안에서 빈둥거리며 보낸 일 년은 악몽이었다. 우선 아무런 의욕이 없었고 밖에 나가기도 싫고 생각도 없고 누구와 말도 하기 싫고 혼자 있는 게 제일 편했다. 사나흘을 아무것도 먹지 않고, 그냥 누워서 잠이 깼다가 다시 돌아누워 잠들었다가 하면서 보낸 적도 있었다. 폭력의 상처 때문에 남과의 사회적인 접촉을 믿지 못하고 자신이 없으므로 자폐되는 것이다. 밤에는 눈 멀뚱히 뜨고 일어나 앉아서 담배나 피워대다가 해가 중천에 뜬 대낮에 죽은 듯이 자는 생활이 계속되었다.

한번은 자고 있는데 고등학생이던 아우가 내 몸을 건너뛰다가 잘못하여 팔을 밟았고, 나는 번개같이 일어나 손에 닿는 대로 잡아서 후려쳤다. 화병으로 머리를 때렸으니 도자기는 산산조각이 나고 아이 머리도 터져서 피투성이가 되었다. 그리고 또 어떤 날은 잠자다가 일어나 마당으로 뛰어나가서 땅바닥을 기어다니기도 했다. 이러니 온 식구들이 공포에 질릴밖에. 어머니가 목사님을 청해다가 안수기도를 올리며 법석을 떨었다.

그러다 나는 어느 잡지에 나온 글을 읽고 그 주소에 편지를 쓰는 것으로 밤을 새우기 시작한다. 상대가 누구인지 나이가 몇인지 어떤 생각을 가졌는지 하는 것은 아무 상관이 없었다. 나는 나를 끊임없이 설명하고 이해시키려 하고 내 생각을 전달하려고 한다. 그렇게 편지를 쓰는 행위를 통해서 내가 생각이 있고 느낌이 있고 살아 있다는 것을 확인한다. 내게는 어쨌든 내 존재를 비춰주고 확인시켜줄 타인이라는 거울이 필요했던 셈이다. 몇 통의 편지를 연달아 쓰고 나면 날이 훤하게 밝았고, 그것을 우체통에 갖다 집어넣고 나서야 하루를 살았다는 강렬한 의욕이 생겼다.

나는 젊어서부터 글을 쓰기로 작정을 했던 사람이고 '좋은 글을 쓰겠다'는 생각은 전장의 위험 속에서도 거의 강박관념이었다. 내가 살아남아야 한다는 것은 앞으로의 행복한 사생활을 위해서가 아니라 글을 쓰기 위한 여생으로서의 삶을 위해서였다.

뭔가 끼적여보려고 했지만 한 줄도 쓸 수가 없었던 제대 이후에 나는 편지라는 형식을 통해서 그렇게 '자기표현'을 할 수가 있었다. 요즈음은 인터넷이 있어서 '자폐'는 묘하게 은폐되어 있다. 혼자 독방에 앉아 누구와도 직접 관계하지 않으면서 컴퓨터가 세상으로 나가는 '창'이라고 착각할 수 있게 된 셈이다.

드디어 '왜 그러십니까?'식의 한 줄짜리 답장이 상대에게서 날아왔고 접촉이 시작되었다. 나는 그녀를 만나러 시청 앞의 어느 찻집으로 나갔다. 내 옷차림새만을 전해두어서 상대의 반응이 없으면 내쪽에서는 그녀가 누구인지를 알 수가 없는 상태였다. 젊은 여성이 드나들 때마다 눈여겨보았지만 매번 다른 자리로 가버렸다. 결국 두 시간쯤 기다린 뒤에 그녀가 오지 않았다는 결론을 내리고 찻집을 나오게 된다. 그러나 혹시 그녀가 살그머니 왔다가 먼 데서 관찰만 하고 돌아갔을지도 모른다는 생각 때문에 그곳을 떠나면서도 조바심이 났다.

나는 주소를 가지고 그녀의 집을 찾아가기로 한다. 이런 행동은 자기 최면의 성격이 더욱 강해서 다른 가능성이 끼어들 여지는 없다. 아직은 미래가 불확실하고 자신도 믿을 수는 없으나, 자기표현에 목마른 젊은이들이 불가항력적인 사랑에 빠졌다고 확신하는 편집증 같은 것이라고나 할까.

이를테면, 빈센트 반 고흐가 사촌누이에게 구애하려고

찾아가서 만나주기를 청하고 거절당하자, 거실의 촛불에 손가락을 집어넣고 '이 손가락이 타는 동안만이라도 만나게 해달라'고 부르짖던 절박한 몸부림도 그 일종이다. 빈센트는 그뒤 절망에 빠져 자살하려던 창녀를 만나게 된다.

그날은 마침 추석 전날이라 달이 휘영청 밝았고 골목길마다 전 부치고 고기 굽는 냄새로 귀가하는 이들은 발걸음이 빨랐고 인기척도 일찍 끊겼다. 나는 주소지 근처에서 웬 아이를 만나서 길을 묻고 그애가 그녀의 남동생이라는 걸 알게 된다.

우여곡절 끝에 나는 드디어 그녀를 만난다. 짧은 글에서 본 대로 그녀는 부드럽고 침착한 성격이었고, 내 자폐증은 서서히 치유받게 된다.

알고보니 그녀는 그날 다른 장소에서 나를 찾고 있었다. 길 건너편에도 비슷한 이름의 찻집이 있었던 것이다. 나는 어쨌든 그 무렵의 다른 제대한 젊은이들처럼 새로운 사랑을 시작했다. 그리고 그녀의 인도에 의하여 세상으로 서서히 돌아왔다.

아마 초겨울이었을 것이다. 전라선 기차의 창가로 싸락눈이 부딪쳐 날리던 게 생각이 난다. 단풍철이 끝난 무렵이라 기차에는 그녀와 나 외에는 승객도 별로 없었다. 내장산은 서리가 내린 것처럼 싸락눈에 살짝 덮여 있었다. 함박눈이 덮이면 더욱 풍성한 눈꽃이 피어나겠지만, 싸락눈이 희끗희끗 덮인 나무와 산등성이들은 초로의 여인네처럼 조금 쓸쓸해 보였다. 귀틀집을 독채로 여러 채 지어놓은 방갈로들이 유원지에 유행하던 시절이었는데, 그때는 벽난로가 없고 방 한가운데에 투박한 무쇠 난로가 있었다. 장작을 잔뜩 집어넣고 벌겋게 달아오른 난로 위에다 우리는 고구마를 구워 먹었다.

이튿날 아침에 보니 오솔길에는 싸락눈이 얼어서 뾰족뾰족한 성에가 바사삭 부서지고 유리창도 꽃처럼 얼어붙었다. 나는 산장의 아침 밥상에서 처음으로 '고들빼기'맛을 보았다. 서울에서 자란 나는 물론이고 경기도가 고향인 그녀도 고들빼기를 처음 보고 이름도 처음 들었다고 했다. 쌉쌀하고 풀 향내 나는 잎과 아삭이며 씹히는 뿌리의 맛이 여간 독특하지 않았다. 고들빼기를 소금물에 며칠 동안 담가 쓴맛을 우려낸 후, 멸치젓국에 찹쌀풀과 갖은 양념을 버무려 실파와 함께 담갔다가 일주일쯤 지나면 먹을 수 있다.

밥상에 함께 올라온 모시조개 넣고 된장 고추장에 끓인 '냉이토장국'은 옛날의 잊혀진 사진같이 정겨웠다. 겨울의 하얀 냉기 속에서 봄날의 풀꽃들을 찾아내는 기쁨 같은 것이다.

한겨울에까지 눈 속에 남아 있던 불미나리와 냉이무침의 싱그러운 맛은 겨울이 깊으면 봄이 멀지 않았다는 옛 시를 떠올리게 했다. 특히 불미나리무침과 파래김치 같은 맛들은, 묵은 김장김치며 기름진 육것으로 포위된 듯한 한겨울에 봄을 재촉하는 방안 화초의 물기 어린 방향과도 같다.

애플파이와 칵테일 두 잔

스타니슬랍스키는 『배우 수업』의 어느 대목에서 말한다.

체호프의 〈이바노프〉에서 세 사람의 많이 먹는 사람들이 나오는 개막 장면을 생각해보라. 아니면 골도니의 주막집 여주인이 요리 솜씨를 자랑하기 위해서 만든 라구를 먹음직스럽게 바라보는 대목도 좋다. 그런 장면은 그대의 입에서나 우리의 입에서나 군침이 돌게 연기해야 한다. 그러기 위해서 그대는 음식에 대해서 지극히 역력한 기억을 가져야 된다. 그러지 않고서는 그 장면을 연기하면서 조금도 미각의 쾌락을 경험하지 못하는 것이 된다. 예컨대 우리의 미각이나 촉각이 우리의 예술에 유용하며 때에 따라서는 중요하다 할지라도, 그런 것들의 구실은 단순히 보조적이며 그것은 우리의 정서적 기억에 영향을 주는 것이 목적인 것이다.

내가 그녀를 만난 것은 불 꺼진 극장에서였다. 그건 무슨 작품이었을까. 당시에 창작극 운동이 일어나기 시작하면서 식민지 시대의 사회성 짙은 리얼리즘 연극을 다시 찾아서 공연을 하곤 했는데, 아마도 그런 유의 작품이었을 것이다. 머리에 울긋불긋한 가발을 쓰고 이상한 억양으로 대사를 뱉던 번역극이 아니라 넝마 같은 의상과 사투리가 무대에 가득차 있었다.

밤새워 총연습에 몰두하고 있는 빈 극장의 뒷자리에 나는 앉아 있었고, 그녀는 앞의 중간쯤에 혼자 앉아서 보고 있다가 주의를 줄 대목이 나오면 잠깐 연극을 중지시키고 무대 앞으로 다가가 뭔가 배우에게 속삭이고는 돌아와 앉곤 했다. 물들인 허름한 야전 점퍼에 낡은 청바지 차림이었고 긴 머리가 등뒤로 늘어져 있었다.

나는 어렸을 적에 두 가지 목표를 세웠다.

하나는 그것이 뭔지도 모르면서 '작가'가 되겠다고 학급에서 공공연히 말해버렸던 것이다. 전쟁이 끝났을 때 조숙

한 아이가 되어 있었던 나는 어른이나 아이들에게 별다른 오락거리가 없었던 시절이라 야시장에 흘러나온 헌책들을 죽어라고 읽었다. 초등학교를 나오기 전에 이미 나는 세계 명작이며 어른들이나 보는 대중 소설에 이르기까지 닥치는 대로 거의 모두를 읽어버렸다. 역시 독서란 글 쓰는 능력도 길러주게 마련이라 어느 틈에 학교에서 작문 시간이 되면 나는 담임선생을 깜짝 놀라게 했다. 그러고는 전국적인 글짓기 대회에 나가서 상을 받아온다. 칭찬을 받고 나자 스스로 작가가 되기로 작정한다. 한때 조금 흔들린 적도 있었지만 몇 달 못가서 다시 작가가 되리라고 결심을 굳힌다.

그리고 두번째는 '배우'가 되겠다는 생각이 있었다. 시장통으로 나가면 일제 시대부터 있었던 오래된 극장이 있었다. 나중에 다른 영화관들처럼 영화만 상영하는 곳으로 바뀌지만 그때에는 주로 연극을 하던 곳이었다. 어떤 때에는 제법 수준이 높은 〈햄릿〉이며 〈벚꽃 동산〉 같은 연극을 할 때도 있었지만 대개는 국악 창극이나 악극, 신파극을 공연했다.

유학 시절에 일본이며 할리우드나 유럽 영화를 보러 다니던 버릇은 결혼하여 직장을 가진 뒤에도 남아 있어서 어머니는 주말에 곧잘 혼자서 연극을 보러 다녔다. 누나들을 떼어버리고 나 혼자 어머니를 따라서 극장엘 갔다. 다만 시간이 급할 때면 어머니가 손수건에 침을 묻혀서 흙 묻은 내 얼굴을 대충 닦아주고 나서 손목을 끌고 가던 것이 불쾌했을 뿐이다.

누나들이 학교에 가고 어머니와 아버지도 모두 회사로 가버린 뒤에 나는 일하는 누나와 단둘이 남겨지곤 했다. 그 때에 나 혼자 어찌되었든 시간을 보내야 하니까 연극을 재현해보았다. 그림물감을 물에 풀어 수염을 그리는 등 분장도 하고, 엄마의 치마나 누나들 옷으로 의상을 삼아서 극적인 장면들을 연기했다. 거울에 대고 몇 번이나 연습을 해보고 나서 다시 방 가운데로 나아가 대사를 외웠다.

내가 제대로 무대에 선 것은 고등학교 때 전국 경연 대회에 나가 연기로 입상을 했던 일이 처음이었다. 그뒤로 대학에 가서 몇 번 더 무대에 섰다. 직접 희곡을 창작하게 되면서부터는 주로 객석에서 자기 작품을 보는 축이 되었지만.

이제는 널리 알려져서 상투적인 소리가 되었지만, '연극이 끝나고 관객이 썰물처럼 빠져나간 빈 무대 위에 서서 생을 바라본다'는 건 역시 아직도 근사한 데가 있다.

그리고 극장이며 연극 주변은 근대의 산물이라 그런지 도회적이다. 그때에는 맥주조차 대단히 근사하고 품위 있는 주종이었다. 양식당이라는 게 서울역과 명동에, 그리고 종로에 한두 집이 있었고 호텔도 중심가에 서넛이 있을 뿐이었다. 그릴의 양식이라는 게 돈가스나 비프가스, 오므라이스나 카레라이스가 고작이었다. 나중에 몇 년이 지나서야 통기타니 생맥주니 하는 것을 무슨 새로운 문화의 풍속인 양 떠들게 된 것만 보더라도 아직은 전후의 긴 그늘이 드리워져 있었다.

소주와 막걸리만 있던 시절에 충무로를 지나다보면 작은 파이전문집이 있었다. 그것도 아마 메밀국숫집처럼 일제 시대부터 있던 집이었을 것이다. 그리고 그 집에는 과일주나 펀치 비슷한 정체불명의 칵테일도 팔았다.

공연이 끝나면 빈대떡집으로 몰려가서 막걸리를 마시며 당시 말대로 뒤풀이가 아닌 쫑파티를 부랴부랴 끝내고 통행금지가 시작되기 전에 바삐 흩어져 가야만 했다.

밤 열시쯤이었을까. 그녀와 나는 진고개를 오르다가 작은 진열창에 불이 켜진 그 집을 보았다. 붉은 촛불이 켜져 있었다. 요새 같으면 그런 정도의 장식을 한 진열창은 도심이 아닌 변두리에 가도 있을 것이다.

단정하게 늙은 아주머니와 소녀가 앉아 있을 뿐 자리는 텅 비어 있었다. 우리는 차림표를 보고 애플파이와 무슨 칵테일을 두 잔 시켰다. 와인은커녕 당시에 변두리 다방에만 가도 화학주인 도라지 위스키를 넣은 홍차를 '위티'라고 해서 껄렁대는 건달들이 호기 있게 '위티 따블'을 외치던 시절이었다.

애플파이는 방금 오븐에 데워서 내왔는지 따끈하고 고소한 냄새가 났다. 우리는 둥근 파이를 세모꼴로 잘라서 먹었다. 너무 달아서 질리는 잼과는 다르게 뭉근하고 부드럽게 졸인 사과의 살이며, 빵과 과자의 중간쯤으로 바사삭 씹히는 껍질맛이 또한 그만이었다.

이제 오븐이 보편화되면서 파이쯤은 물론, 피자도 집에서 구워 먹게 되었다. 애플파이는 밀가루를 소금으로 간하여 버터와 달걀노른자를 섞어 얼음물에 반죽하고 차게 해두었다가 넓적하게 밀어서, 안에다 계피와 설탕을 넣어 은근하게 졸인 사과를 넣고 그 위를 밀가루 반죽 띠로 덮은 다음 오븐에 구워낸다.

나중에 런던에 가서 애플파이는 물론 여러 종류의 다양한 파이를 맛보았다. 다진 쇠고기를 버터에 볶아 그릇에 담고 삶은 감자를 으깨어 덮어서 치즈를 뿌려 오븐에 구워내는 코티지파이나 대구로 만든 생선파이, 파이 껍질이 바닥에만 있는 크러스트파이와 더블 크러스트파이가 있는 것도 알게 되었다.

망명 시절 관광객도 없는 베를린의 초겨울에 쿠담의 한 카페에서 한 잔의 따끈한 차에 달큼한 애플파이 한 조각을 곁들여 먹으면 비 내리는 오후의 쓸쓸함과 한기가 사라졌다. 계절이 그래선지 카페 바깥쪽에 내놓았던 의자들은 모두 치워져 있었고 갠 날에 광장에서 연주하던 깽깽이 사내는 낡은 가죽 재킷을 입고 구석 자리에 앉아서 슈납스 한 잔을 마시고 있었다. 그의 곁 의자 위에는 바이올린의 가죽 케이스가 놓여 있었다.

나는 차와 파이를 먹으면서 어느 밤의 붉은 촛불이며 그녀를 생각했다. 객석은 물론 무대 위의 조명도 하나씩 꺼져 가고 그녀는 이미 늙어 있을 것이다. 검은 비단 실타래처럼 베개 너머로 흐트러지던 머리도 희끗해졌을까.

마당 한 귀퉁이의 쓸쓸한 과꽃처럼

그녀는 상대방이 얼마 동안 연락을 하지 않으면 이내 지쳐 버린다. 그러나 포기하는 것은 아니고 체념 비슷한 것이다. 여러 가지 일에 쫓기다가 전화를 하면 이내 달려온다. 말은 없고 전처럼 부드럽고 푸근하다. 그러나 쓸쓸한 체념이 얼굴과 몸에 덮여 있다.

딸 많은 집의 가운데쯤이었던 그녀의 아버지는 사업에 실패하고 나서 집을 나가서는 영영 돌아오지 않고 행방이 묘연해졌다고 한다. 그녀는 자존심과 독립심이 강하다. 여간해서는 기죽거나 어리광을 부리지 않는다. 그래서 부드러운 미소가 언제나 쓸쓸해 보인다.

나는 어느 때나 그녀를 떠올릴 때면 지방 도시의 작은 한옥 마당을 생각했다. 마루에서 마당을 내다보면 담장 가에 일년초들이 피어 있을 것이다. 분꽃, 채송화, 유자 넝쿨, 그리고 댓가지 위를 타고 오르는 나팔꽃, 손톱에 물들이던 봉숭아, 탐스러운 백일홍, 그리고 그녀처럼 쓸쓸한 과꽃이 피어난 화단이 생각난다. 그녀는 하얀 한복 차림으로 정갈하게 치운 마루 위에 앉아 있을 것 같다.

처음 만났을 때 햇빛을 정면으로 받은 여자의 얼굴이 너무 하얘 보여서 놀랐다. 그녀는 햇빛 때문인지 아니면 수줍음 탓인지 고개를 숙이고 자신의 신발 끝을 내려다보는 것 같았다.

안면도는 그맘때만 해도 벽지나 다름없었다. 해수욕 철이 지났다고는 하지만 버스에도 모래밭에도 인적 하나 없었다. 바닷가의 민가 앞에는 아이들조차 보이지 않았다. 가을 햇볕에 말리는 멸치만 반짝이고 있었다. 그녀를 안았을 때 고개를 옆으로 젖힌 눈에서 눈물이 흘러내려 귓바퀴 안으로 고이는 걸 보았다.

내게는 순간적인 회한이 오랫동안 남아 있는 경우가 있는데 이를테면 이런 것이다. 아우가 서너 살 되었을 때였다. 나하고는 일곱 살 차이가 나서 늘 귀찮고 돌보는 데 곤

싫증이 나곤 했다. 동무들과 샛강에 고기 잡으러 가려면 기를 쓰고 땅바닥에 뒹굴며 울어대는 통에 하는 수 없이 데려갔다가는, 신발도 잃어버리고 어느 틈에 물가에 들어가 간을 졸이게 만들었다. 그래도 어머니에게 혼찌검이 나지 않으려면 형인 내가 돌봐주어야 했다.

어느 날 영화관에 서부 영화가 들어와서 혼자서 구경을 가려다가 동생에게 들켜버렸다. 기를 쓰고 따라와서 하는 수 없이 녀석의 손목을 잡고 들어가긴 했는데 막상 영화를 상영하려고 불이 꺼지자 아우가 찌륵찌륵 울기 시작했다. 옆의 어른이 사이다를 먹이니까 젖 먹는 것처럼 졸졸 빨아 먹더니 다시 우는 것이었다. 나는 아우의 손을 잡고 밖으로 데리고 나와서는 극장 앞에서 눈을 부릅뜨며 "얼른 집에 못 가!" 하고 을러댔다. 아우는 울면서 인파 속으로 사라졌고 나는 재미난 장면을 놓칠세라 얼른 영화관 안으로 되돌아왔다. 하지만 그 꼬마가 시장통을 지나 집까지 무사히 갈 수 있을까, 혹시 길을 잃어버리고 나쁜 어른에게 끌려가 다리 위에서 동냥을 하게 되는 건 아닐까, 내내 걱정하느라 영화도 제대로 못 보다가 끝나자마자 집으로 달려갔다. 집에 돌아가 보니 동생은 안방에서 벽을 향하여 쪼그리고 누워서 잠들어 있었다. 울다가 더러워진 손으로 문질러서 괭

이얼굴이 된 채로 아우는 잠들어 있었다. 아우의 작은 발가락들이며 새까만 발바닥을 보니 자책감에 비죽비죽 울음이 나왔다.

그녀의 체념 비슷한 분위기의 쓸쓸함이며 겉으로 좀처럼 드러내지 않던 감정에 대해서, 그리고 언제든지 "그래, 가봐" 하고는 "언제 또 오지?" 하는 물음조차 없던 참을성에 대해서 생각한다.

그 안면도의 가을날 우리는 비어 있는 모래사장을 걷다가 사구의 제법 높은 언덕에 올랐다. 아래로 소나무 숲과 모래밭과 바다가 둥글게 연이어 있었고, 햇빛은 밝고 하늘과 바다는 같은 파란색이었다. 마당에 펌프가 있고 바깥으로 뚫린 아궁이에 검은 그을음이 보이던 집에서 국수를 먹었다. 보리새우와 바지락조개를 넣고 끓인 미역냉국에다 말아준 국수였다. 거기다 얼큰한 어린 배추 겉절이를 함께 먹었다.

몇 년 뒤 겨울날 나는 어느 먼 고장에 혼자 가서 일을 벌이고 있을 때였는데, 우연히 길에서 그녀를 만났다. 그녀는 여전히 발밑에 시선을 떨구고 걷다가 내가 주춤 서니까 천천히 고개를 들었다. 길은 얼어붙고 눈발이 먼지처럼 폴폴 흩날리고 있었다. 그녀는 "웬일이야" 하고 중얼거릴 뿐이었다.

그녀의 작고 가난한 방은 불이 잘 들질 않아서 외풍이 세고 방바닥도 미지근한 정도였다. 내가 아침에 먼길을 떠나려는데 그녀가 일어섰다가 뒤로 넘어졌다. 나는 몹시 당황했다. 그녀의 손발이 차가워서 한참이나 주물러주다가 차 시간 때문에 연신 시계를 들여다보곤 했다.

"빈혈 때문인가봐."

그녀는 정신이 들자 간신히 그렇게 말하고는 전화번호를 알려주면서 그리로 연락해달라고 말했다. 나는 건성으로 대답하고 일어섰다. 나중에야 그녀가 나를 놓아보내려고 전화번호를 주었다는 느낌이 들었다.

그리고 이십 년이 지나갔다. 나는 그녀를 다시 우연히 어느 거리 모퉁이에서 만난다. 두 사람 다 별로 말이 없다. "잘 사슈?"라고 나는 부러 능청스럽게 말해버린다. 그러나 작은 한옥이며 마당가의 일년초 화단이며 걸레질을 방금 해낸 마루에 대해서는 이야기하지 않는다.

야행성인 나는 일을 하다가 밤에 야참을 혼자 해먹는 버릇이 있다. 여기저기 먹을 것이 없나 수납장과 냉장고를 뒤지다가 다용도실에 내놓은 미역국을 발견한다. 냄비째로 들여와 입을 대고 마셔보니 마른 새우를 넣고 끓인 미역국이다. 정말 우연하게도 거기다 소면을 넣어 말아 먹을 생각을 했다. 간단하게 요리를 해서 차디찬 미역국에 말아 후루룩후루룩 먹기 시작했다.

그런데 이런 느낌은 무엇일까. 작은 꽃밭 생각이 난 것이다. 그리고 한옥의 유리가 달린 미닫이문도 생각났다. 거기가 어디였지. 그러다가 쑥부쟁이가 생각나고, 파르스름하게 하얀 꽃잎과 노란 술이 떠오르고…… 쑥부쟁이는 사구의 언덕에 무리 지어 피어 있었지.

어릴 적에 영등포로터리까지 혼자 세발자전거를 타고 달리면 뒤에서 칭얼거리며 따라오던 사촌 여동생도 생각났다. 한 번씩 태워주면 자꾸 졸라서 귀찮았다. 얼마 후 그애는 시름시름 앓다가 죽었고, 어머니와 함께 이모 집으로 갔더니 이모부가 작은 상자에 그애를 넣어서 들고 나갔다. 이모는 마당에 서서 어머니에게 팔을 잡힌 채 울었고, 나도 마루에 앉아 사촌의 작은 꽃고무신을 보며 울었다.

내가 전화에다 대고 그녀에게 "나 많이 늙었어" 하니까 그쪽에서 "그건 나두 그래" 하고 대답했다.

그 비듬을 털어주고 싶었어

내가 그녀를 만난 곳은 먼 타향에서였다. 내 생일날이었으니 어느 겨울날이었을 것이다. 눈보라 치고 매서운 삭풍이 불어대는 만주에서 어머니는 나를 낳았다.

하여튼 나 혼자 타향에서 귀양살이를 하던 때였다. 방 두 칸짜리 낡은 아파트에서, 시대가 어렵기는 했지만 글은 끊이지 않고 써야 한다고 혼자 씨름하던 시절이었다. 당시를 떠올리는 글줄에는 이렇게 묘사가 되어 있다.

창문 위쪽에 희뿌연하게 떠 있던 큰 산의 모습이 회색빛 하늘 속에서 차츰 녹아 사라지는 중이었다. 창문이 덜컹대기 시작했다. 들판이 어두워지더니 그 어둠이 재빠르게 다가오면서 유리창이 젖어갔다. 폭풍우였다. 부엌으로 나가보니 깨어진 유리창 사이로 바람이 들이쳐서 부엌 바닥이 젖어가는 중이었다. 빳빳하게 얼어 있던 속옷 빨래들이 좁은 베란다 위에 늘어져서 흔들거렸다. 바람은 뼛속에 스미는 듯 차가웠고 빙수 같은 얼음 부스러기가 베란다 가녘에 쌓인 걸 보니 진눈깨비가 분명했다. 나는 라면 상자의 뚜껑을 찢어내어 부엌의 깨어진 유리창 구멍을 틀어막았다. 먼 곳에서도 시멘트 빛깔로 펼쳐진 바다의 곳곳에서 솟구쳤다가 흩어지는 물결 이랑을 알아볼 수 있었다. 책꽂이 위쪽에는 빨간 바탕에 나무로 액자를 두른 녹두장군의 혹 달린 초상이 상투적으로 얹혀 있었고, 문에는 일정표, 그리고 그 귀퉁이에는 빨간 볼펜 글씨로 써 붙인 '피를 잊지 말라'. 압핀으로 눌러둔 마지막날의 도청 광장 앞 사진.

내 생일에 혼자서 국밥 한 그릇을 사먹고 낯선 도시의 골목을 뒤지며 한 잔 두 잔 술을 마셨다. 소주를 마시다가 나중에는 바에 가서 카운터 앞에 혼자 앉아 위스키 온더록스를 시켜서 마셨다. 열 잔 넘게 마셨더니 꼭지가 완전히 돌아버렸다.

비틀거리는 걸음으로 진눈깨비가 몰아치는 큰길로 나

갔다. 택시를 잡아 빈 아파트로 가서 뻗어버릴 작정이었다. 그런데 날씨가 험악해서였는지 비틀거리며 가로수를 붙잡고 한참을 서 있어도 택시가 오질 않았다. 길 건너편에 따뜻한 불빛과 무슨 크리스마스 장식 같은 별등이 깜박이는 게 보였다.

나는 비틀거리며 길을 건넜다. 입구 앞에서부터 가파른 계단이 시작되고 있었다. 벽을 짚으며 불빛이 훤한 이층으로 올라갔다. 중간쯤 올라갔는데 뒤에서 구두 뒷굽 소리가 들려왔다. 나는 몇 계단 더 올라가다가 균형을 잃고 뒤로 기우뚱했다. 뒷전에서 자지러지는 비명이 들리며 누군가 나를 받쳐 올렸다. 나는 간신히 지탱했다가 이번에는 앞으로 고꾸라지면서 두 손바닥으로 계단을 짚고 어렵사리 위로 올라갔다.

다행히 안에는 손님이 아무도 없었다. 나는 취한 눈으로 어딘지 둘러보았다. 젠장할, 제과점이었다. 이런 밤중에 문도 닫지 않고 무슨 빵을 팔아. 우선 난롯가에 자리를 잡고 앉아서 한숨 돌리기로 했는데 그녀 역시 난롯가의 이웃 자리에 가서 앉았다.

"큰일날 뻔했잖아요."

점원 소녀와 잘 아는 사이인 듯한 그녀는 따끈하게 데운

코코아 한 잔을 시켜서 내게 권했다. 나는 고분고분하게 그것을 후후 불면서 마셨다. 그녀는 귀갓길에 남동생들을 위해서 과자를 사러 들른 터였다.

그녀의 아버지는 산사람이었다. 중학생 때에 입산했다가 몇 명 남지 않았던 생존자의 한 사람으로 잡혀서 십 년 동안 옥살이를 하고 전후의 그 어려운 시절에 살아남았다. 그녀는 어머니에게 물었다고 한다.

"왜 아버지 같은 사람과 결혼했어요?"

그녀의 어머니가 답한다.

"그이가 누구라는 건 동네에서 다들 알구 있었다. 시내로 나가는 버스를 타고 가는데 앞자리에 그이가 앉아 있었어. 검은 물 들인 군복 작업복을 입고 있었는데 목덜미 아래로 비듬이 하얗게 떨어져 있더구나. 나는 그 비듬을 털어주고 싶었어."

그것은 살가루이기도 하고 뼛가루 또는 눈이었는지도 모른다고 그녀는 말한다.

평생 소주로 살던 그 아버지가 처음으로 도에서 모범가족상이라는 걸 받는다. 그녀와 철모르는 동생들은 신이 나고 자랑스러웠다. 그러나 귀가해서 만취한 아버지는 금박을 올린 상장을 찢으며 울부짖는다. 언제는 오순도순 살자는데 다 죽여놓고 이제 와서 상장이 무어냐고.

그녀가 어느 날 낡은 찬합에 뭔가 반찬거리를 담아가지고 내게 왔다. 그건 몇 가지의 장아찌였다. 가지장아찌, 콩잎장아찌, 감장아찌, 그리고 참외장아찌였다. 돌아가신 아버지가 세일 좋아했다는 장아찌란다.

나는 뒤늦게야 장아찌의 맛을 알게 되었다. 옛날에는 감옥에서 보리주먹밥에다 멀건 소금국에, 오경찬*이라고 소금에 절인 무 조각을 주었다. 사람은 고생하던 시절에 늘 결핍을 느끼며 먹던 음식의 맛을 잊지 못한다. 그래서 피난간 왕의 '도루묵' 이야기나 '도토리' 얘기가 나왔겠지.

가지에 끓는 소금물을 부어서 항아리에 담아 돌로 눌러 놓는다. 한 달쯤 지나 썰어서 꼭 짜서는 갖은 양념에 무치면 된다. 콩잎도 남부 지방에서는 깻잎처럼 날것으로 많이들 먹는데, 가을에 누렇게 된 콩잎을 따다가 실로 묶어서 된장에 박아두거나 간장에 담가놓았다가 꺼내어 쌈도 싸먹고 무쳐서도 먹는다. 아니면 깻잎을 잴 때처럼 멸치젓국이며 갖은 양념에 재어두었다가 먹기도 한다. 덜 익은 참외나 감을 큼직하게 잘라서 고추장이나 된장에 박아두었다가 그냥 먹거나 양념하여 먹는다.

감옥에 있을 때는 농사지은 배추를 신문지에 싸놓고 겨우내 쌈으로 먹기도 했지만, 달랑무는 양념이 없어 김치도 못 담그고 그냥 먹기엔 매워서 손가락만하고 통통한 것들을 반으로 잘랐다. 그걸 병에다 소금물을 진하게 만들어 붓고 담갔다가 꺼내어 운동 시간이면 들고 나가서 운동장 모퉁이 햇볕 좋은 곳에다 한 사나흘 말렸다. 이걸 다시 커다란 마요네즈 통에 관급 고추장을 채워서 박아두었다. 그래서 신김치가 질릴 무렵에 이 어렵고 귀하게 얻은 무장아찌를 먹을 수 있었다. 물에 만 보리밥에다 취장에서 얻어온 마른 멸치를 고추장에 찍어서 무장아찌와 곁들여 먹곤 했다.

장아찌를 떠올리면 밥 한 덩이가 얼마나 맛있는 음식인가를 확인하게 된다. 그러고는 굶주림 속에서 살아나온 사내의 등덜미에 흐트러진 하얀 비듬 생각이 나고, 그가 남긴 딸자식의 눈빛이 생각난다.

* 원래 '옥용찬'(獄用饍)이라는 한자말에서 유래된 것으로, 죄수들이 소리 나는 대로 발음한 것이 그대로 전해짐. 소금에 절인 채소 반찬류.

3 잃어버린 그 맛

어머니의 입맛은 고향을 그리는 향수였던 셈이기도 하고, 또한 선배들의 말에 의하면 위도나 기후상으로도 그렇고 논보다는 밭이 많던 북선 지방의 작물맛이 월등했다는 것이다. …… 만드는 방법도 모르고 그 맛도 잊었던 나는 팔십구년에 방북했을 적에 기적처럼 노티와 만나게 된다.

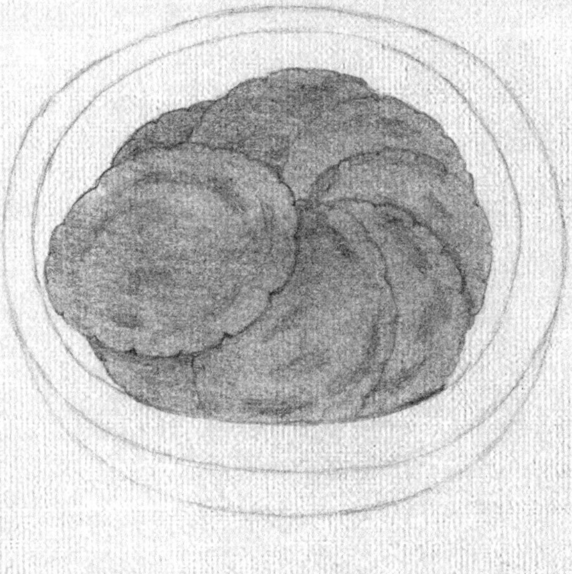

배고픈 날,
장떡 지지던 냄새

내가 잃어버렸다고 하는 것은, 지금은 먹을 수 없다거나 만들 수가 없다는 말은 물론 아니다. 그때의 맛이 되살아나지 않는다는 얘기다. 사람이 변했든지 세월이 변했든지 했을 터이기에.

나는 만주에서 태어났고, 해방이 되면서 외가가 있던 평양으로 나와서 다섯 해를 살았다. 따라서 평양에서의 한두 해 정도만 기억에 남아 있다. 태어나자마자 줄곧 피난길이었는데, 이것은 전쟁이 끝날 때까지 팔 년 동안이나 계속되었다.

평양에서는 이른바 '적산집'이라고 일본인이 버리고 간

이층 목조집에서 살았는데, 가파른 나무 계단과 모든 방마다 다다미가 깔려 있던 게 생각난다. 방 안쪽에는 또한 일종의 붙박이 벽장인 '오시이레'가 있어서 혼자 들어가 숨기에 맞춤했다. 오시이레 안에서는 나프탈렌 냄새가 났다. 그 냄새는 우리 가족이 륙색이나 봇짐을 지고 이리저리 남한의 산하를 돌아다닐 적에도 내내 따라다녔다.

우리 식구가 아버지의 취직으로 삼팔선을 넘어 남한으로 내려올 때 해주의 어느 사공 집에서 저녁을 먹었던 기억도 어렴풋하게 남아 있다. 갯가에서 흔하게 주울 수 있는 작은 게를 장에 조린 반찬이 신기했다. 앙증맞게 작았지만 집게발과 두 눈의 생김새가 그대로 있는 통째로의 게여서 입안에 넣기가 어쩐지 언짢았다.

나중에 어른들에게 듣고서야 거기가 개성의 피난민 수용소라는 걸 알았다. 지금 기억에 남아 있는 건 운동장의 무너진 담 사이로 보이던 작은 언덕에 봉긋봉긋 솟아난 한 아름 크기의 무덤들과 그 앞의 사이다 병에 꽂아놓은 들꽃들이다. 만주에서부터 육로로 나온 일본인 귀환자들이 많았고, 대부분의 작은 무덤은 그들의 어린아이들 것이었다고 한다. 내게는 다만 사이다병에 꽂힌 들꽃들만 선명하게 기억 속에 남아 있다.

서울에 와서도 일본집들이 가득찬 효창동 골목에 세를 들었는데 분위기는 평양의 이층집과 비슷했던 것 같다. 하여튼 그 시절에 길 위에서도, 새로운 고장에 도착했을 적에도 언제나 어른이 내 손에 쥐여준 것은 김밥이었다. 그냥 밥 몇 술을 펴서 깔고 조글조글하고 아작아작한(요즘의 단무지와는 다른) '다꾸앙'을 길게 박아서 마른 김 한 장으로 둘둘 만 김밥은 어린 내 눈에 굉장히 커 보여서, 아마도 오랫동안 손에 쥐고 자다 깨다 하면서 먹었을 것이다.

그래서인지 오래된 일본식 집에 가서 무심코 오시이레 문을 열면 나프탈렌 냄새가 떠오르고 다꾸앙과 김밥 냄새가 나곤 했다. 그 김밥은 요즈음에 패스트푸드가 되어버린 체인점의 김밥과는 달랐다. 그뒤 전쟁이 터지고 다시 피난길에 오르면서부터 김밥의 속이 달라지고 주먹밥이나 개떡을 먹는 일이 흔해졌지만, 나중의 일이다.

해방 뒤부터 전쟁 때는 물론이고 전후에도 오랫동안 양식이 부족해서 도회지에서는 밀가루로 연명하는 날이 많았다. 어머니는 언제나 없는 재료로 아이들이 좋아할 뭔가 색다른 반찬들을 만들어내야 했다. 그럴 적에 등장했던 것이 바로 '장떡'이었다. 훨씬 뒤인 칠십년대에 와서야 어머니가 정식으로 만든, 어릴 적에 할머니로부터 전수받은 진짜 장떡을 먹어보고서야 당시의 그것이 얼마나 엉터리였는지를 알았다. 하지만 어머니가 그 당시 된장국과 김치 한 보시기만 달랑 올려놓기가 거북했을 때에 급조했던 장떡은 우리 형제들에게는 대단한 특식이요, 별찬이었다. 어머니가 부엌에서 장떡을 지지는 냄새를 풍기면 우리 어린것들은 둥그런 밥상 주위에서 "야, 장떡이다 장떡!" 하면서 맴돌았다.

어머니가 급히 지져낸 장떡은 사실은 고추장떡이었다. 밀가루를 묽게 반죽해서 거기에 고추장을 넣고 그때그때 눈에 띄는 파나 마늘이나 풋고추를 썰어 넣고 지진 기름기가 도는 음식이었다. 이것은 지져내자마자 금방 먹지 않으면 나중에는 흐물흐물해져서 풀떼죽이 되어버린다.

대개 장떡은 이북 음식으로 알려져 있는데, 지방에 따라서 고추장을 넣든가 된장을 넣든가 아니면 둘 다를 섞어 넣기도 한다. 평안도나 황해도에서는 된장을 주로 쓰는데 밀가루와 찹쌀을 섞어서 맛을 돋울 마늘이나 부추 또는 깻잎 등을 다져 넣고 시루에 쪘다가, 한낮의 햇볕에 한 사날 말려서 갈무리해두고 먹을 때마다 참기름이나 들기름에 지져 먹는다.

개성에서는 햇된장을 건질 적에 아예 장떡 조리용으로 소금을 치지 않고 두었다가 찹쌀가루와 다진 쇠고기며 깨,

파, 마늘, 고춧가루, 참기름을 섞어서 동그랗게 빚는다. 그리고 앞서와 같이 말리거나 쪄두었다가 지져내지 않으면 구워낸다. 여기서는 햇된장에 고춧가루를 섞는 것이 특징인데, 그냥 고추장떡보다 훨씬 맵싸한 맛이 난다.

미나리와 부추를 섞어서 밀가루와 멸칫가루 등속을 넣고 파, 마늘 다진 것에 고춧가루나 고추장을 버무려 동글납작하게 빚어서 담백하게 그냥 즉석에서 쪄먹기도 한다. 동그랑땡처럼 다진 쇠고기나 돼지고기를 역시 으깬 두부에 섞어 된장, 고추장과 밀가루에 반죽해서 기름에 지져내기도 한다.

큰아이를 장가보냈더니, 사돈댁이 법도에 따라 신행길에 '이바지' 음식을 며느리 손에 들려 보내왔다. 한과니 전이니 과물이니는 제사 때 보던 것과 같은데, 유난히 눈에 띄는 음식이 있었다. 그것이 바로 사돈댁의 고향인 강화의 수수장떡이었다. 수수를 빻아다가 찹쌀을 섞고 된장을 넣어 부추와 마늘을 다져 넣은 것이었다. 며늘아이가 말하기를, 수수장떡을 만들 때 주의할 점은 반죽할 때 절대로 물을 타지 않는다는 점이란다. 된장과 부추의 물기로 반죽이 되어야 한다는 것이다. 색깔을 보니 어두운 회색빛인데 속으로 부추의 푸른빛이 어른거린다. 강화의 장떡은 다른 지방과는 달리 수수로 빚으면서 그냥 날것인 채로 햇볕에 말린다는 특징이 있다. 꾸덕꾸덕하게 한나절 햇볕에 말린 다음 그대로 쪄서 먹거나 역시 참기름에 지져 먹으면 된다. 아이들에게는 조부모가 되는 내 아버지와 어머니에게 이바지 음식으로 조촐한 제상을 차려놓고 참배했다.

그때 물이 스미는 것처럼 영등포의 그 작은 집 안방의 가난했던 밥상이며, 어머니가 부엌에서 음식을 만들던 생각이 났다. 방은 두 칸이었고 마루방 하나가 딸려 있었는데 부엌은 비좁은 편이었다. 시멘트로 바른 부뚜막에는 중간 크기의 쇠솥 두 개가 걸려 있었고 부엌문 앞의 처마 밑에 숯을 사용하는 풍로가 있었다.

어머니는 두 솥에다 밥을 짓거나 국을 끓이고, 아궁이의 잔불이 사라진 다음에 밑불로 타다 남은 숯을 작은 부삽으로 꺼내어 풍로에 옮기고는 그 위에서 석쇠로 생선을 굽거나 찌개를 끓이거나 번철에 뭔가 지지곤 했다. 나는 누나와 함께 가끔씩 부엌에서 어머니를 도와 잘 붙지 않는 밑불을 살리노라고 풍구를 돌리곤 했다.

우리는 비 오는 날이나 또는 일요일 오후에 어머니가 부엌 봉당에 주저앉아 밀가루 부침개를 부치거나 고구마를 삶거나 할 때에 나직하게 부르던 노랫소리를 기억한다. 일본 노래도 부르고 전쟁 때에 나온 유행가도 불렀다. 어머니는 당시 표현대로 교육을 받은 신여성 인텔리였다. 그래서 나중에 전후의 가난이 어느 정도 가셨을 때에는 요리책에 나온 특별한 서양 음식도 해주곤 하였다.

제를 끝내고 아이들과 둘러앉아 물린 상의 음식을 먹으면서 그제야 실로 몇십 년 만에 장떡을 먹어보았는데 어쩐지 물컹하고 아무런 맛도 없어서 저도 모르게 굴비 쪽으로만 젓가락이 갔다. 아이들은 더해서 장떡 한 점을 밥 위에 올려놓고 떼어 먹는 품이 못내 내키지 않는 양이었다. 그래도 보낸 쪽의 성의와 어머니에 대한 기억이 더해져서 서너 점을 먹고 나니 밥이 한참이나 남았는데도 벌써 배가 불렀다. 수저를 놓고 나서야 장떡의 미덕을 알게 되었다. 밥을 보통 때보다 적게 먹었는데도 어쩐지 더부룩하고 든든한 느낌이었다.

어머니는 내가 광주에 살던 시절 모시고 있었는데, 광주항쟁이 있고 나서 내가 당국의 권유로 제주도에 유배 비슷하게 머물던 그해 겨울에 돌아가셨다. 암이라서 식구들도 모두 포기하고 병원에서 모셔와 진통제나 놓아드렸다. 문득 아내가 내게 '노티'가 뭐냐고 물었다. 글쎄…… 그게 뭘까, 했더니 그녀가 말했다.

어머니가 돌아가시기 며칠 전에 몇 번이나 말씀하셨다는 것이다.

"노티를 꼭 한 점만 먹고 싶구나."

노티 이야기

어머니는 목사이며 교육자였던 집안의 둘째딸이었다. 큰오빠가 있었고 위로 맏딸인 언니가 있었으니 형제들 순으로 따지자면 셋째인 셈이다. 어머니 아래로 여동생이 둘이고 남동생이 하나 있었단다. 그러니까 딸 넷에 아들 둘 해서 모두 육 남매였다는데, 내가 어릴 적에 부모님이 월남했기 때문에 나는 그들을 본 적이 없다.

그들 중에서 우리 식구처럼 월남했던 어머니의 바로 아래인 둘째이모와 오라비인 '큰아버지'(이북에서는 외삼촌의 경우에도 큰아버지라고 부른다)만을 알고 있을 뿐이다.

어머니에게 전해 듣기로, 큰이모는 여학생 때부터 광주

학생사건 등이 전국으로 번졌을 때 주동자 노릇을 하더니 일찍이 만주로 달아나서 독립군에 들었고 해방이 되어서야 돌아왔다고 한다. 그 언니가 어찌나 노티를 좋아했던지, 겨울밤에 몰래 장독대에 나가 동생들 몫까지 먹어치우는 바람에 둘째딸인 어머니와 다투곤 했다던 이야기가 기억에 남아 있다.

둘째이모는 딸 하나를 낳았는데 네 살 때인가 죽었다. 그애 이름이 인옥이었다. 둘째이모네는 우리보다 좀 뒤늦게 월남해서 어떻게 수소문을 해가지고 우리 동네와 가까운 이웃 동네로 이사를 왔다. 이모부는 몸집이 마르고 얼굴도 창백한 병약한 사람이었는데, 그래서 그런지 인옥이도 보채기를 잘하고 병치레를 많이 했다. 내가 여섯 살 때였으니까 나하고는 아마 두 살 차이가 날 것이다.

인옥이는 오빠 오빠, 하면서 나를 따라다녔고, 내가 세발자전거를 타고 영등포로터리를 한 바퀴 돌아보려고 출발하면 징징 울면서 쫓아왔다. 이모부는 그래서 나를 아주 못마땅하게 여겼다.

그애가 죽었을 때 이모네 집에 가보았는데 비좁은 마당이 있는 방 세 칸짜리 한옥이었다. 맞은편 담 가에 우리집 뒷마당처럼 일년초가 피어 있었는데 빨갛게 핀 분꽃이 기억난다. 이모부는 마루에 앉아서 술에 취한 채 담배를 피워대고 있었고 이모는 계속해서 울기만 했다. 그들이 살던 마루의 건넌방 미닫이가 열려 있었는데 멜빵처럼 광목 끈을 매어놓은 작은 널판자로 된 상자가 보였다. 나는 그것이 뭔지 대번에 알아보았다. 어릴 적의 인옥이 생각만 하면 후회가 되었다. 자전거를 좀 많이 태워줄걸.

어머니의 오라비인 큰외삼촌은 일본 유학까지 다녀온 의사였다. 나는 오래전에 그분을 빌려서 『한씨연대기』라는 중편소설을 쓴 적이 있다.

전쟁이 터지고 나서 1·4후퇴 때에 우리 식구는 대구로 피난을 갔다. 대구역에서 중앙통은 그때에도 제법 대도시처럼 붐볐는데 아버지와 나는 길을 가다가 기적처럼 큰외삼촌을 만났다. 아버지가 갑자기 걸음을 멈추었고 앞에서 우리를 지나쳐 가려던 키 큰 남자가 우뚝 섰다. 두 사람은 잠시 그대로 서서 외마디 고함을 지르더니 서로 부둥켜안았다.

어린 내가 보기에도 큰외삼촌은 멋쟁이였다. 그이는 어머니처럼 키가 컸으며 곱슬곱슬한 긴 머리를 뒤로 넘기고, 깃이 넓은 헐렁한 검은 외투를 입고 있었다. 안에는 당시에 미군부대에서 나온 목 앞에 단추가 달린 국방색 스웨터를 입고 있었다.

그래서 어머니는 오라비와 바로 손아래 여동생을 가까이 두고 살 수가 있었다. 둘째이모는 교사가 되었는데 중년에 남편과 이혼하고 자식도 없이 혼자 살았다. 이모부가 다른 데서 아들을 낳고 살림을 따로냈던 것이다.

큰외삼촌은 소설에 썼던 대로 오십년대의 치열한 생존경쟁에서 허물어졌다. 그를 고용했던 무면허 의사의 모함 때문에 동창생들과 술자리에서 말 몇 마디 한 것으로 반공법에 걸려서 호된 고문을 당했다. 그러고는 다른 죄목으로 기소되었다가 풀려난 뒤로 세상살이에 뜻을 잃어버린 듯했다. 그이도 두 번인가 재혼을 하더니 말년에 딸 하나 보고 외롭게 살았다. 그들은 요즈음 말로 이산가족 일 세대인 셈인데 이제는 모두 세상을 떠났다.

내가 이런 쓸쓸한 기억을 떠올리는 것은 다 '노티' 때문이다. 어머니가 돌아가시기 얼마 전부터 먹고 싶다고 몇 번이나 말했다는 그것 때문이다.

사실 나는 잊고 있었다. 어머니 쪽 외가 식구들이 영등포에 모여 살 적에는 추석이나 설이 되면 꼭 이틀 밤낮을 모여서 명절을 같이 쇠고는 했다. 좁아터진 집에 세 집이 모이면 불편할 것 같지만 이모는 독신이고 큰외삼촌도 그

때는 아직 혼자여서 다른 집처럼 아이들로 붐빌 것도 없었다. 큰아버지는 노상 술만 마셨는데, 그의 주정을 아버지 혼자 다 감당하곤 했다. 그는 언제나 술이 취하면 어머니에게 성화였다.

"야아, 노티 좀 해먹자꾸나."

"오라반두 참…… 여게 어디 고향 같은 기장쌀이 있습네까."

어쨌든 어머니는 그 무렵에 구정 설이 되면 찹쌀을 빻아서 노티를 했다. 그렇지만 나는 그 맛을 잊고 지냈다. 아마도 약과 비슷한 것도 같고 모양은 지짐이(녹두 빈대떡)와 비슷했을 것이다. 얼마 후에 아버지도 돌아가시고 나는 장성해서 떠돌다가 뒤늦게 어머니를 모셨는데, 어머니는 그동안 한 번도 노티 얘기를 꺼낸 적이 없었다.

어머니는 내가 어릴 적부터, 재봉틀을 돌리거나 뜨개질을 하면서 여러 이야기를 해주었다. 워낙에 말재간과 기억력이 대단한 분이라, 도깨비 이야기며 소설책 이야기며 고향 이야기들이 재미있어서 나는 졸린 눈을 비비며 자꾸 되묻고는 하였다.

당신이 어릴 적에 형제들과 방에서 하던 놀이도 많이 배웠다. 팥을 쪼개어 종이를 둥글게 말고 그 안에 집어던지는

'벼룩이 윷'이며, 남폿불이 비치는 벽에다 그림자놀이를 하는 법이며, 서로 다리를 포개고 헤아리면서 '한알대 두알대 삼새' 하다가 끝나는 다리의 임자가 술래가 되는 놀이며, 손을 서로 잡고 엄지손가락을 세워서 상대방의 엄지를 찍어 누르는 엄지 씨름…… 뭐 끝이 없었다.

어머니는 이남 것은 과일도 밭작물도 별로 맛이 없다고, 이를테면 내가 참외를 맛있게 먹고 있는데도 그런 식으로 말해 입맛을 버려놓고는 했다.

나중에 커서야 그게 일리가 있음을 알았다. 어머니의 입맛은 고향을 그리는 향수였던 셈이기도 하고, 또한 선배들의 말에 의하면 위도나 기후상으로도 그렇고 논보다는 밭이 많던 북선 지방의 작물맛이 월등했다는 것이다.

그런데 만드는 방법도 모르고 그 맛도 잊었던 나는 팔십구년에 방북했을 적에 기적처럼 노티와 만나게 된다.

누나와 내가 어렴풋이 기억하던 외가 식구들과 사촌들의 이름을 적어갔는데 정확하게는 큰외삼촌네 아들 형제들, 그러니까 내 사촌 형제들과 어머니의 여동생인 막내이모를 찾은 것이다. 막내이모네도 아들 셋에 딸 하나가 있었다.

고려호텔의 지정된 방에 갔더니 낡은 한복 차림의 할머

니가 낯선 형제들과 앉아 있었는데 보자마자 가슴이 저려오는 느낌이었다. 어쩌면…… 돌아가신 어머니가 거기 앉아 있는 게 아닌가. 어머니의 말년 모습과 똑같았다. 울고불고, 서로 소식 묻고, 형제들 소개하고, 그런 법석을 떨다가 차츰 침착해졌다.

나는 특별히 시내에 있는 사촌 맏형의 집에까지 따라갈 수 있도록 허락을 받아서 밤늦게까지 이모와 함께 수많은 이야기를 했다. 물론 어머니의 임종 얘기와 노티 이야기가 나왔다.

그리고 떠나오던 날 이모는 사촌들과 순안비행장에 배웅을 나왔다. 헤어지기 전에 휴게실에서 이모가 푸른색 보퉁이 하나를 내밀었다.

"이거 개져다 먹어보라."

그게 노티였다. 나는 비행기 안에서 남의 눈치볼 것도 없이 두 개나 먹었고 베이징에서 나머지를 다 먹어치웠다. 이모가 일러준 대로 한번 만들어 먹어볼 작정이지만 내 기억이 맞는지는 잘 모르겠다.

요즈음은 그때처럼 구수한 기장쌀을 구하기 힘들 테지만 어쨌거나 찰기장을 빻아다 시루에 찐다. 엿기름가루에 물을 내려 우려낸다. 익은 기장쌀가루와 엿기름가루를 섞고는 우려낸 엿기름물을 붓고, 소금 간을 하고 참기름 넣어서 반죽을 한다. 반죽을 아랫목에 한두 시간 덮어두어 삭힌 다음에 손바닥만한 크기로 만들어 약한 불에 지져낸다. 이것을 식혀서 꿀에 잰 것을 항아리에 차곡차곡 넣어 장독대에 내다 놓고 먹는다.

순안비행장에서 막내이모와 그렇게 헤어진 것이 마지막이 되었다. 그로부터 석 달 뒤에 이모는 이산가족 일 세대의 마지막 사람으로 세상을 떠났다. 나의 어거지 방북으로 겨우 혈육의 연줄을 이은 셈이다.

시커멓게 언 감자를 먹는 지혜

작고한 김주석과 만났던 얘기는 책 한 권을 엮을 만큼 많은 사연이 있지만, 그동안 한 번도 제대로 써서 발표한 적은 없다.

맨 처음 만났을 때는 다 알려진 바와 같이 문익환 목사 일행과 동석한 자리였다. 접견 장소로 들어가는데 그가 집무실 문 앞에서 기다리고 서 있었다. 체격이 크고 쇳소리가 나는 음성이었다. 김주석은 그의 젊은 시절의 사진들에서 보는 바와 마찬가지로 호남자의 인상이었다. 완전한 백발은 아니고 회색의 반백 머리를 올백으로 넘겼는데, 특히 인상적인 것은 눈썹이 짙고 길게 드리워져 있는 점이었다.

원형의 식탁에 모두 둘러앉았는데 주석을 중심으로 오른편에 문목사가, 왼편에 내가 앉고 수행원들도 함께 앉았다. 그는 당시에는 살아 계시던 문목사 노모의 안부를 물었고 용정이나 북간도 시절의 추억도 이야기했다. 문목사가 만주 용정에 살 때 독립운동가들이 그의 집에 수없이 묵기도 하고 드나들기도 했는데, 안중근 의사도 모친이 대접해드린 일이 있다고 했다.

김주석도 만주 시절 이야기를 하면서, 중국 항일군들과 연대할 때에 중국인 부락을 지나다가 군량을 보급 받거나 숙박하고 나서 돈이 없으면 간단한 차용증을 써주고 '조선인민혁명군 김사령'이라는 글을 남기곤 하였는데, 중국 혁명 이후에 옛날 지주들을 척결하면서 김사령의 차용증을 지닌 지주들은 거의 다 사면했다는 말이 있더라고, 중국 정부의 간부들 가운데서 자신과 가장 가까웠던 주은래가 전하더라면서 호탕하게 웃었다. 그는 특히 옛날 중국의 시 속에서나 '꺼우리'라는 만주 지역 사람들의 성씨에도 나타나듯이, 만주는 고구려의 옛 땅이라는 점을 강조했다.

중국의 서안을 비롯한 예전 고구려 땅에서는 남에서 '식혜'라고 하는 감주를 담가 먹는다는데 등소평이 감주를 썩 좋아한다면서, 그 너르고 기름진 땅을 우리 조상들이 국토로서 보존해내지 못했다고 아쉬워하였다. 그렇지만 함경북도 일대에는 한때 여진족이 살았다고 하면서 아오지 탄광의 아오지는 '불타는 돌'이라는 여진 말이며, 주을 온천의 주을 역시 '뜨거운 물'이라는 여진 말이라고, 인민들 중에도 예전 여진의 성을 가진 사람이 간혹 있어서 모두 우리식으로 고쳐주었다고도 말했다.

일행 중의 누군가가 느닷없이 주석님 어머님이 전도 부인이 아니셨느냐고 묻자 그는 잘 못 들었다는 시늉으로 귓가에 손을 갖다 대며 되묻고 나서 측근이 '모친께서 교회에 나가시지 않았느냐'는 말씀이라고 설명해주자 웃으면서 대답했다.

"우리 오마니는 살기 힘드시니까 교회에 가서 주로 주무셨디……."

사실 주석의 외조부는 장로교의 목사였고 외삼촌은 장로였으며 부친도 장로교단 소속인 숭실학교를 다녔고, '강반석'이라는 모친의 성명도 '베델'이라는 세례명에서 왔다고 한다.

이런 사실은 나도 일찍이 개화한 집안 분위기를 아는 터고, 당시 이북의 개화 지식인이라면 반드시 기독교와 관련이 있는 게 흔한 일이었다. 김주석의 부친 김형직은 교회식의 야학을 운영하면서 청년들을 모으고 민족주의적 독립운동을 하다가 나중에 러시아 혁명과 신문물을 접하면서 무산자 계급을 중심으로 하는 새로운 독립운동에 눈뜨게 되는데, 그때가 아마도 어린 김성주와 가족을 평양에 남겨두고 만주로 떠날 때가 아닌가 생각되었다. 북선 지방의 근대주의자가 마르크시스트와 크리스천의 두 얼굴에서 비롯됐다는 것은 참으로 의미가 있어 보인다.

나는 그뒤에도, 이미 그처럼 작고했지만 당시에는 중국에 망명중이던 캄보디아의 시아누크 공 부처와 만찬을 함께한 적도 있었고, 개인적으로도 점심을 함께한 적이 몇 번 더 있었다.

공식적인 만찬자리에서 김주석은 언제나 활달하게 좌중에게 음식을 권하고 설명을 해주기도 했다. 음식은 한식과 중식이 서로 적당히 어우러진 듯한 정식이 코스로 나오곤 했다. 만찬 술은 인삼주이거나 백두산 들쭉술이었으며 그중에서도 김주석은 15도짜리 들쭉술을 좋아했다. 미테랑 프랑스 대통령 내외도 들쭉술을 좋아해서 열두 상자나 비행기 편에 실어 보냈다고 했다. 들쭉은 제주도의 먹구슬처럼 새까맣고 동그란 일종의 들딸기라고 하는데, 고원 지대에서만 자란다고 한다. 요즘에는 남에서도 북한산 들쭉술을 먹을 수 있지만 한정된 야생의 열매로 그 많은 물량을 감당할 수는 없을 테니 혼합주로 맛을 낸 것이 분명하다. 진품 들쭉술은 약간 쌉싸름하고 조금 떫은 것이 진한 적포도주 비슷하면서도 매우 향기롭다. 그는 전에는 담배를 하루에 두 갑씩 피웠지만 주위에서 하도 말려서 겨우 끊었다고 했다. 점심 뒤에 한 시간씩 집무실 옆의 방에서 오침을 한다고도 말했다.

내가 깊은 인상을 받았던 어느 점심은 매우 소박했다. 작은 메추리 다리를 몇 개 먹고 나서 국수가 나왔다. 주석은 국수를 제일 좋아한다고 말하면서 사람들은 두 끼만 국수를 먹어도 곧 질린다고 하지만, 자기는 한 열흘은 먹을 수 있을 거라고 말했다. 국수를 담은 유리대접을 내려다보니 면이 그야말로 새까만 색이었다. 콩물국수인 셈인데 하얀 콩물에 검은 국수가 잠겨 있는 모양이 이색적이었다. 주석이 다른 날처럼 음식 설명을 내게 해주었다.

"이거이 언 감자국수라고 하는 거요. 일전에 독일의 작가 루이제 린저 여사가 왔을 때, 독일에는 감자 음식이 많은 줄 아는데 이렇게 조리하는 방법을 아느냐고 했더니, 언 감자로 조리하는 건 세계에서 조선밖에 없을 거라고 하더군."

거무튀튀한 '언 감자국수'의 면발은 차지고 쫄깃하면서도 부드러웠다. 언 감자를 갈아서 녹말을 낸 다음에 끓는 물에다 국수를 뽑아서는 차디찬 콩물에 말아 먹는다. 위에는 검은깨를 뿌리고 함경도식 갓김치를 얹어서 먹는다. 김주석이 그 음식의 유래를 내게 말해주었다.

"우리가 두만강 연안에서 항일 투쟁할 때에 인민들이 많이 도와주었소. 화전하는 인민들도 저이 먹을 것이 없는데도 우리가 지나는 산길에다 표를 해두고 감자를 묻어놓군 합네다. 눈이 한 길이나 쌓이고 땅은 꽁꽁 얼어붙어 있디, 감자를 파내면 시꺼멓게 얼어서 돌덩이야. 근거지루 짊어지구 가두, 언 감자는 구워도 못 먹고 삶아도 못 먹어요. 그때 왜놈들 청야 작전이 철저해서 보급선을 멀리서 차단하고 있댔어. 얼어죽거나 굶어죽고 남은 빨치산들을 토벌하겠다는 소리요. 인민들이 준 것을 버려서는 안 된다구 그때 함경도 출신 동무가 그걸 우려내서 국수 만드는 법을 생각해냈소. 가난한 인민들은 다 살아갈 궁리를 하는 지혜가 있소. 맹물에다 소금만 넣고 끓인 국수가 어찌나 맛이 있던지."

나중에 뉴욕에서 나는 우연히 '개마고원'이라는 냉면집에서 이 국수의 조리법을 듣게 되었다. 아는 사람에게 듣기로는 그 집의 물김치가 기가 막히게 시원하고 맛있다는 것이었다. 그래서 찾아가보니 북청에서 피난 나왔다가 미국으로 이민했다는 사람네 집이었다. 과연 물김치가 일품이었다.

무는 보통 물김치처럼 나박썰기가 아니라 길쭉길쭉하고 얇게 썰었고 배춧잎도 그만한 길이로 썰었으며 오이 쪽이 간간이 떠 있었다. 얇게 채를 썬 밤, 대추, 사과, 배, 쪽파 등 속의 건더기가 알맞게 섞였고 역시 김칫국물이 한 대접이었다. 고춧가루를 체에 걸러서 탔는지 붉은 물이 들었지만, 나중에 뉴욕에 왔던 한시해 부부장에게서 들으니 진짜 개마고원 김치는 고춧가루를 쓰지 않는다고 한다.

이 집의 할머니가 팔십이 다 된 분인데 '언 감자국수'를 알고 있었다. 함북 지방의 화전민들이 곧잘 해먹는다는 것이다. 언 감자를 강판에 갈아 체에다 녹말을 내리는 것은 감자국수 해먹는 거나 다를 바가 없다. 반죽을 하여 국수틀에 넣고 끓는 물에 국수를 뺀다. 국수를 찬물에 헹굴 적에 손가락으로 세심하게 끈기를 씻어내야 찰기가 더 좋다고 한다.

콩물 내는 것은, 물에 담갔다가 위로 뜨는 콩을 버리고 골라내어 비린 맛이 가실 때까지 끓이다가 설컹할 적에 건진다. 그래야만 콩의 고소한 맛이 살아 있다. 믹서에 갈 적에는 물을 조금 붓거나 편리한 대로 두유를 함께 넣어도 맛있다. 콩국의 맛을 내려면 땅콩이나 잣을 갈아서 넣어도 좋고 들깨나 참깨도 좋다. 검은 참깨를 뿌리고 위에다 함경도식 갓김치를 얹어 먹는다.

함경도 산야의 들갓은 길이가 짤막하고 줄기도 여리다. 여기 갓김치는 전라도식으로 젓갈을 전혀 쓰지 않아서 깊은 맛은 없는 대신에 쌉쌀하고 향긋한 갓의 냄새가 싱싱한 것이 특징이다.

밤참의 특별한 맛과 '온반'의 기억

전쟁 전부터 쌀이 늘 모자라서 수제비나 국수를 많이 먹었지만 밥을 지어 먹을 때에도 반찬은 한두 가지가 고작이었다. 동그란 밥상 가운데에 찌개 냄비 올려놓고 김치 한 보시기에 밥 한 그릇씩이 고작이었다.

그러니 밥에다 뭔가 넣어서 해먹으면 양식도 절약이 되고 반찬도 따로 장만할 필요가 없게 된다. 나는 요즈음 경양식집에서 볼 수 있는 김치와 베이컨, 햄이며 당근 등을 넣고 버터에 볶은 김치볶음밥은 어딘가 맛이 분명치 않아서 딱 질색이다. 예전에는 김치가 시어지면 속을 좀 털어내고 송송 썰어서 김치밥을 해먹었고 햇감자가 나오면 감자

밥을, 고구마가 나오면 고구마밥을, 그리고 가을에 김장하고 남은 무를 넣고 무밥도 해먹었는데, 특히 콩나물은 값싸고 가장 흔한 채소라 어느 철에나 콩나물밥을 해먹었다.

영등포의 그 작은 집 뒤뜰에는 화단도 있었고 수돗가와 광도 있었고 광 위에는 장독대가 있었다. 여름이면 화단에다 일년초의 씨를 뿌렸는데 봉숭아, 채송화, 분꽃, 그리고 나팔꽃이 누나들이 매어준 실을 타고 판자 울타리 끝에까지 기어올랐다. 익으면 발간 주황색이 되는 유자도 열렸고, 수세미 넝쿨도 광의 지붕으로 뻗어올라갔다. 초겨울이 되면 아버지가 광의 뒤편 그늘진 곳에다 땅을 파고 김장독을 묻곤 했다. 뚜껑과 짚으로 둥글게 짠 덮개를 열고 어머니가 웅크리고 한 손을 집어넣어 통배추김치나 절인 무를 꺼내던 모습이 지금도 눈앞에 삼삼하다.

김치밥은 돼지고기를 써야 더욱 맛이 좋다. 돼지 살코기를 다져서 갖은 양념을 하여 살짝 볶아놓고, 쌀을 안칠 때 김치와 돼지고기와 쌀을 켜켜로 두어 물을 잡는다. 보통 때보다 물을 약간 덜 잡아서 밥을 하지만 약간 질척한 듯 짓는 것도 맛있는 것 같다. 양념장을 준비했다가 조금씩 밥 위에 끼얹어 비벼서 먹는다. 멸치로 다시를 낸 맑은 미역국과 함께 먹으면 다른 찬이 필요 없다.

콩나물밥도 짓는 법은 비슷하여 양념이 된 고기를 볶아서 콩나물과 함께 쌀 위에다 얹는데, 더욱 구수한 맛을 내려면 다시마 우린 물이나 멸치 다시 국물로 밥물을 잡는다. 역시 양념장으로 비벼서 먹는다. 국은 재첩이나 조개로 된장국을 끓여서 낸다. 무밥이나 감자밥, 고구마밥은 모두 양식이 모자라던 시절의 밥 짓기지만, 얼마 전에 여행길에서 산간에 들어갔다가 감자밥과 막장으로 끓인 호박찌개를 먹고는 투박하고 구수한 옛 맛이 살아나서 눈물이 날 정도로 반가웠던 적이 있다. 도무지 이런 맛이란 시중의 음식점 어디를 가보아도 없다. 요즈음 대중식당의 차림표와 음식은 서울에서 저 남도 끝이며 제주도에 이르기까지 어슷비슷한 맛이다. 맛의 평준화가 이루어진 셈이랄까. 대충 벽에 붙은 차림표대로 주문을 하고 나면 어디선가 먹은 그 음식이 같은 모양새로 나오는 것이다.

이를테면 이런 밥은 또 어떤가. 밤중에 공부를 하다가, 아니면 책을 읽다가 귀찮기는 하지만 속이 출출해서 슬슬 부엌에 나가서 뭔가 먹을 것을 찾는다. 형제들이 많은 집이면 서로 가위바위보를 하기도 하고, 제일 시장한 사람이 부엌으로 나가게 된다. 밥이 솥 안에 조금 남아 있고 찬장에는 먹던 김치와 고추장뿐이다. 허름한 양은냄비에다 참기름을 두르고 밥과 고추장과 김치를 넣어 비비면서 볶는다. 그대로 숟가락 여러 개를 꽂아서 냄비째로 들고 방으로 돌아오면 형제들이 저마다 달려들어 퍼먹는데, 밤참의 그 맛은 삼시세끼와는 다른 특별한 맛이다.

뭔가 나물이나 김치나 하여튼 먹고 남은 찬을 넣고 비벼 먹는 음식은 어느 지방에나 있는데, 사람들 추측에 의하면 대개 명절이 지난 뒤라든가 제사를 지낸 며칠 후에 '먹어치우기' 위한 것이었다고 한다. 전주 지방의 비빔밥이 유명하지만 안동에서는 원래의 의미대로 '헛제삿밥'이라고 부른다.

북에서도 명절이나 제사 후에 남은 음식으로 '온반'을 먹는데 어머니는 평양이 고향이었음에도 불구하고 내가 어렸을 때 온반을 제대로 하는 것을 본 적이 없다. 부모님들은 아마도 수십 년 동안을 남쪽에 정착해 살면서도 이곳은 임시 거처려니 여기고 살아온 게 분명하다. 더구나 어머니는 농촌 가정 출신이 아니라 개화한 지식인 집안 출신이었고 커서 배운 요리도 거의가 일본식의 개화 음식이었다. 아니, 그렇다고는 해도 무엇보다 어머니는 뿌리를 뽑힌 '피난살이'의 살림을 의식적으로 벗어날 수가 없었을 게다.

내가 중학교에 들어가서, 몇 대를 서울에서 살아온 토박이 아이들의 도시락 반찬을 보고 깊은 인상을 받았던 기억이 난다. 특히 그들이 찬통에 싸온 여러 종류의 장아찌는 기가 막힌 맛이었다.

어머니는 나중에 아버지와 사별하고부터는 혼자서 벅찬 생업을 감당하느라 더욱 부엌일과 멀어졌고, 우리집 식단은 그야말로 구멍가게에서 그날그날 사다가 후딱 조리해서 먹어치우는 식이 되었다. 그랬던 어머니가 나이 들어서는 노티를 외우던 것처럼 고향의 온반이 먹고 싶다고 여러 번 말했고, 비슷하게 만들어 먹기도 했다. 그저 콩나물, 시금치, 무나물 등속에 국물을 부어 만든 것이었는데 내가 보기에는 국밥도 아니고 비빔밥도 아닌 이상야릇한 음식이었다. 이렇듯 야릇한 음식으로는 중국집의 울면이 있다. 우동이나 짬뽕처럼 시원한 국물도 아니고 짜장면처럼 비비는 것도 아닌 걸쭉한 소스가 아닌가. 마치 비벼 먹다가 마음이 변해서 국을 들이부은 것만 같다.

내가 몇 차례 김주석과 나눈 점심 중에 한번은 온반을 먹게 되었다. 어느 기록에 보니까 해방 후 초기 집권 시절에 부인이 집에서 직접 콩나물 기르는 얘기가 나오는데 장군이 콩나물국밥을 즐겼다고 한다.

"이거이 주로 먼길 떠나는 사람들이 먹었디. 손님은 많고 일손은 바쁘고 할 적에 온반 한 그릇씩 주면 얼마나 편리했겠소. 속두 풀리구 든든하디."

온반 역시 설이나 제사 뒤의 비빔밥의 유래와 같은 계통의 음식이었을 테지만 추운 지방에서는 남은 음식을 차게 먹을 수 없으니 더운 국물을 부어서 먹었던 것이다. 이것을 끓인 것으로 온반죽이 있으니 더욱 그럴듯하다.

국물을 낸 쇠고기나 닭고기를 잘게 찢어 갖은 양념을 해 놓고 볶은 표고버섯과 숙주나물을 두고, 가늘게 채썬 달걀지단과 녹두전을 밥 위에 얹고 나서, 그 위에 양지머리나 닭을 푹 고아낸 맑은 육수를 부어서 먹는다. 대개는 국물을 자박자박하게 잡지만 나는 뜨거운 국물을 밥과 건더기가 푹 잠기도록 부어야 직성이 풀린다. 벌겋고 시원하게 담근 깍두기나 고추를 갈아 젓갈을 넣어 버무린 배추 겉절이를 곁들여 먹으면 이마에서 땀이 나고 속이 후련해진다. 과음한 이튿날 속풀이로도 그만이고 별로 입맛이 없는 여름날 점심때에 땀을 흘리며 먹고 나면 이열치열도 될 것이다.

초대소에서도 점심으로 몇 번 더 먹은 기억이 난다. 요새는 북에서 무슨 국을 끓여도 대개는 닭을 고아서 쓰는 모양이었다. 내가 된장국의 맛을 내려고 멸치를 찾았더니 주방장은 멸치를 어떻게 국물로 쓰느냐고 의아한 표정으로 되물었다. 내가 자꾸만 된장국이나 야채국에는 멸치를 넣어야 제맛이 난다고 했더니 답답했던지 그가 멸치를 가지고 나와서 내게 보여주었다. 아뿔싸, 이북에서는 동해안 멸치가 있긴 있는데 크기가 거의 작은 꽁치만 했다. 이건 비려서 못 쓰겠지, 이것보다 작은 게 있어야 한다고 했더니 그건 멸치가 아니라 '까나리'라고 알려주었다.

역시 지방마다 맛과 조리법이 다른 이유는 기후와 풍토, 그리고 자연조건에 따른 것이다. 그러한즉, 땅은 좁지만 팔도마다 서로 조금씩 다른 말과 음식이 있으니 얼마나 아기자기한가.

옥수수 먹듯 산천어를 뜯으며

북에서 먹은 음식 가운데 매우 독특한 찌개가 생각난다. 언젠가 전주에 갔다가 민물고기로 끓인 '오모가리'찌개가 별나다고 생각했던 것과도 같다.

북에서는 여러 초대소를 다녀보았는데 그중에서도 오래 있던 곳이 서재골 초대소와 철봉리 초대소였다. 서재골은 외국 사절들이 묵는 곳이어서인지 주방의 조리 방식이 다분히 중국 요리나 서양식으로 뒤섞여서 나왔다. 그러나 장기간 머무는 이에게는 일종의 연회음식이 이내 질리게 마련이다.

철봉리에는 삼십대의 주방장이 있고 연회가 있을 적에

는 노인 한 분이 지원차 오곤 했다. 주방장의 이름은 잊었지만 황해도 안악이 고향이었는데 나중에 그의 집도 방문했다. 그의 어린 두 딸이 고사리손을 조물거리면서 무용을 하고 노래를 하던 모양이 잊혀지지 않는다.

나는 정성스럽게 차려주는 연회 음식 먹기가 지겨워서 나중에는 스스로 외환 상점에 나가 일제 카레를 사오거나 라면을 사다가 점심을 직접 해먹기도 하였다. 북쪽 초대소의 남녀 접대원에서 요리사와 운전사에 이르기까지는 모두 호위총국 소속의 군인들이었다. 나중에 그들과 한식구처럼 친해진 뒤에야 그들의 계급도 알 수가 있었다. 여성 접대원들은 대개는 소위, 중위들이며 때로는 사격 훈련도 한다고 하였다. 따라서 우리 주방장이 소좌라는 사실도 나중에야 알았다.

"선생님, 토속으로 자시고 싶다 그거지요?"

그는 돼지고기 김치찌개도 만들고 된장뚝배기도 내왔다. 북의 통조림으로 나오던 볶은 고추장이 해외 동포들에게 꽤 인기였는데, 나는 아무래도 된장이 더 먹고 싶었다. 그렇지만 가정식 장독대가 거의 사라져버린 고장에서 맛깔스러운 된장을 구하기는 쉽지 않은 일이었다. 우리가 예전에 진짜 일본의 미소된장하고는 다르면서도 왜된장이라고 부르던, 공장에서 대량으로 속성 제작되어 나오는 된장뿐이었다.

문인들 말을 들어보면 전후 복구에 힘을 쏟던 '천리마운동' 기간에 가정 음식들이 많이 사라졌다고 한다. 구역마다 밥 공장과 반찬 공장을 두어 단체로 식사를 하거나 타다가 먹었다고 하는데, 경제 복구가 끝나고도 직장이나 기업소마다 단체 급식을 하는 생활이 남아 있는 셈이었다. 그러니 손님 접대는 연회 음식이 될 수밖에 없었다.

하루는 주방장이 고심을 했던지 김치도 보다 맵게 담그고 간고등어도 굽고 저 유명한 서해안 곤쟁이젓도 내왔는데, 또하나 못 보던 음식이 나왔다. 구수하고 짭짤한 것이 입맛이 확 살아났다. 이게 뭐냐고 물었더니 '호박짠지지지개'라고 했다. 열무와 호박이 섞여 있는데, 애호박이 보통 호박찌개처럼 물컹하지 않고 설익은 것처럼 설컹거렸다.

그는 평양에서 한 시간 반쯤 거리인 안악의 고향집에 다녀왔다고 했다. 역시 북에서도 장이나 밑반찬 같은 먹을거리는 고향 부모님들이 보내주었다. 이제 노인님들이 다 돌아가시면 젊은 아낙들은 음식을 못해서 큰일이라고 사내들마다 걱정인 것은 우리와 마찬가지였다. 그가 안악에 가서 가져온 것이 된장과 바로 이 '호박짠지'였다.

열무나 배추로 짠지를 담글 적에 호박을 쑹덩쑹덩 썰어서 김치 담그듯이 한 켜씩 소금을 뿌려가며 항아리에 담는다. 소금에 충분히 절인 다음 풀물이나 뜨물을 부어 사나흘이 지나면 어느 정도 익게 된다. 호박짠지를 꺼내어 물에 헹구고 된장과 까나리 또는 조개를 넣고 찌개를 끓이다 파와 마늘과 풋고추를 썰어넣으면 된다.

내가 이 음식을 기억하게 된 것은 실로 십 년 만의 일이었다. 충청도 덕산으로 이사 간 뒤 한 마을에 혼자 사시는 할머니 한 분이 집안일을 도와주러 오게 되었는데, 곁에서 며칠 동안 나의 식성을 지켜보고 나서 무슨 음식인가 냄비에 담아왔다.

"좋아하실까 모르겄지만 한번 잡숴봐유."

뭐냐니까 충청도 '호박김치'란다. 그러면서 덧붙이는 말이 이랬다.

"호박김치는 원래가 찌개 끓여먹을라구 당그는 기유."

어허, 가만있어봐. 어디선가 먹은 기억이 나는데. 그제야 이북에서 먹었던 생각이 났다. 충청도 호박김치는 늙은호박의 속을 긁어내고 쓰는데, 무청이며 배추를 섞어서 김치를 담그듯이 갖은 양념을 하여 새우젓까지 쓴다. 그냥 먹기에는 호박이 입안에서 뱅뱅 맴도는 것이 어쩐지 김치맛이

나질 않고 찌개를 끓여 먹으면 담백하고 구수하다. 얼핏 제주도의 갈치찌개 생각이 나서 이 호박김치에 잔갈치를 토막 쳐서 넣고 끓였다. 이 역시 호박김치찌개의 훌륭한 완성이 아닌가.

같은 서해안인데다 지형과 풍토가 비슷해서 그런가, 충청도와 황해도의 음식은 여러 면에서 비슷한 점이 많다.

알레르기 때문에 즐기지는 않지만 북에서 먹은 음식 가운데 '단고기'는 특별히 기억에 남아 있다. 개장국은 각 지방마다 조리법이 조금씩 다른데 특히 서울식은 사라져버렸다. 정확하지는 않지만 옛날 개장국은 지금보다 맑아서 오히려 육개장 비슷했던 것 같은데 언제부턴가 남도식과 섞여버렸다. 들깨나 깻잎을 많이 쓰는 것이 그렇다. 남도식은 오리탕도 그렇지만 들깨를 거의 죽처럼 갈아서 넣고 고구마순도 함께 넣는다. 북쪽의 개장국도 평안도식과 함경도식이 서로 다른데, 평안도식이 예전 개장국 비슷하다면 함경도식은 요즈음 서울의 두루치기와 비슷하다.

하여튼 단고기를 먹은 중에서 새로웠던 것은, 가장 부드러운 목둘레의 살을 얇게 저며서 해파리냉채 무치듯 겨자를 넣고 새콤달콤하게 무친 것이었다.

백두산 지방을 돌아다녔을 때 삼수에서 먹은 산천어구

이 또한 특별했다. 두만강 상류라고는 하지만 폭이 오륙 미터밖에 안 되는 개천인데 이쪽은 조선이고 저쪽은 중국이라 하였다. 개천에 그물을 쳐두고 기다렸다가 건지면 팔뚝만한 산천어가 걸려서 퍼덕였다. 산천어는 송어가 강을 따라서 올라왔다가 붙박이 고기가 된 것인데 백두산 천지에 방류하여 양식에 성공하였다고 한다. 안내인은 여러 번 해왔던지 부근의 반질거리는 반석 아래 장작불을 때서 달군 다음에 참기름을 두르고 소금을 뿌려 살아 있는 산천어를 던졌다. 그리고 그 사이사이로 백두산 송이버섯을 얇게 저며 함께 굽는다. 꼬리와 머리에 은박지를 감아쥐고 옥수수 먹듯이 산천어를 뜯으며 송이로 입가심을 한다. 고기의 살이 솜처럼 부드럽고 향긋한 물비린내가 입맛을 돋우었다.

이런 유의 자연식은 이를테면 해금강에서 먹었던 대합구이에 비길 만했다. 해금강은 군사분계선 구역이라 무인지경이었는데 주먹만한 자갈이 깔린 바닷속이 온통 대합의 밭이었다. 삽시간에 군인들이 두 양동이나 건져 나왔다. 해변 자갈 위에 늘어놓고 알코올 한 병을 들이부어 불을 붙이니 파란 불이 좌악 퍼져나가면서 조개들이 차례로 입을 벌렸다. 사실은 익히려고 불을 놓는 게 아니라 대합의 굳게 다문 입을 벌리기 위해서란다.

그대로 초장을 조개 안에 한 순갈 치고는 후루룩, 하는데 입안에 가득찬다. 그러곤 소주 한 잔 캬아!

술 취한 아버지 손에 들린 간고등어 한 손

전쟁 전이나 휴전 뒤에 생활이 다시 안정되었을 때에 우리가 고기 대신 먹었던 여러 가지 생선들이 생각난다. 그런데 어찌된 일인지 지금은 사라져버린 물고기들이 많은 것 같다. 또한 있다고 하여도 다른 먹을거리가 많아서 찾지 않게 된 경우도 있을 것이다.

아침저녁 무렵이면 동네 골목마다 장사꾼들이 차례로 등장하게 마련이었는데 호객하는 소리도 독특해서 재미가 있었다. 콩나물이나 무, 배추 따위의 채소 장수들부터 새우젓, 어리굴젓 장수들, 그리고 생선 장수들은 모두 팔려는 물건 뒤에다 '사료'나 '사우'를 붙여서 목청을 높였다. 두부

장수는 자루가 달린 놋쇠 요령을 가지고 다니면서 딸랑딸랑 흔들었다. 나중에 쓰레기차의 청소부들 또한 그런 손종을 치곤 했다.

'비웃드렁 새' 하는 소리는 청어를 사라는 생선 장수의 소리였다. 전생 전에는 청어가 서울 인근에서는 가장 좋은 비린 반찬이었고 주점에서도 어른들이 제일로 쳐주는 안줏감이었다. 청어는 생선도 있고 소금에 절인 것도 있으며 꾸덕꾸덕 말린 것도 있었다. 숯불 풍로에 철사로 얼기설기 엮은 석쇠를 놓고 굵은 천일염을 뿌려서 구운 청어는 기름이 자르르하고 고소하며 살집이 푸짐했다. 집집마다 담장을 넘어서 골목길에까지 청어 굽는 냄새가 가득찼다. 생선은 찌개도 끓이고 찜도 하고, 소금에 절인 것은 조리기도 하고 그냥 숯불에 굽기도 하고, 꾸덕꾸덕 말린 것은 갖은 양념을 하여 재어두었다가 북어나 조기처럼 구웠다.

'아지'라는 생선도 많이 먹었는데 나는 뭐니 뭐니 하여도 어머니가 뼈를 발라 간장과 설탕과 양념을 섞어서 뼈와 함께 졸여서는 그 간장 소스를 아지 위에다 두세 차례 바르면서 천천히 구워낸 그 맛을 잊을 수가 없다.

'썩어도 준치'라는 말이 있듯이 그 맛이 생선 중의 으뜸이라는 준치도 굽거나 조림이 고작인 셈인데, 가시가 많아서인지 나에겐 별다른 기억이 없다. 다만 그 맛이 남도 사람들이 으뜸으로 여긴다는 전어와 비슷하지 않았는지. 봄전어는 소금 뿌려놓았다가 기름에 지지거나 구워 먹는 것이 제일 좋은데, 봄철 나물과 번갈아 먹는 맛이 그럴듯하다.

이면수와 가자미는 살이 담백하고 기름지지 않다. 이면수는 살갗이 꺼칠하고 두꺼운 느낌이 들어서 별로 맛들이지 못했고, 다만 가자미는 손바닥 두어 배 되는 큰 놈을 소금 뿌려서 태우지 않고 껍질이 바짝 마를 정도로 숯불에 구워서 통째로 먹는 맛이 기막히다. 일본에서 그렇게 먹었던 기억이 나는데, 전혀 비리지 않고 무슨 바다의 감자를 먹는 느낌이었다. 그러나 어려서는 별로 맛있는 줄 몰랐다.

소학교 때까지만 하여도 어머니는 해마다 봄철이 되면 인천에서 들어온 조기를 몇 짝씩 사들여다가 뒷마당에서 이모와 같이 김장 때처럼 법석대며 손질을 했다. 소금에 절이고 자잘한 놈은 젓갈을 담그기도 했는데, 메주 말리던 널따란 대나무 채반을 몇 개씩 늘어놓고 소금에 절인 조기를 말렸다. 당시에는 집집마다 담장에 널어 말리는 조기를 볼 수가 있었다. 바싹 마르면 굴비가 되었고, 장사꾼들은 그런 굴비의 대가리를 새끼로 줄줄이 꿰어서 팔러 다녔다. 요새처럼 '영광 굴비'를 특상품이라고 하지 않고 그때는 '연평 굴비'라고 외쳤다. 연평 굴비는 수백 년 동안 서울 사람들의 여름철 반찬이었다.

굴비는 두었다가 구워 먹는 것이 보통이지만 통째로 여러 마리를 고추장에 박아두었다가 몇 달이 지나서 꺼내어 살을 살게 찢어서 저장한다. 살이 쫄깃하고 암갈색이 되는데 쇠고기 장조림보다 열 배는 더 맛이 있었다. 무더운 여름날 먼길 걸어 학교에서 집으로 돌아오면 배가 고픈데도 당장 점심을 먹기도 지겹고 할 적에, 어머니가 구운 굴비를 찢어서 열무김치와 함께 밥상을 차려준다. 찬물에 밥을 말아서 굴비와 열무김치를 먹기 시작하면 이내 식욕이 왕성해졌던 것이다.

조기 철에 뒤이어 초여름 무렵부터는 꽃게가 들어왔다. 어머니와 누나들이 마당의 수돗가에서 손질을 하려 들면 꽃게는 사방으로 달아나 어떤 놈은 장독대 뒤의 독 사이로 숨고 어떤 놈은 판자 담장 아래로 빠져서 행방불명이 되기도 했다. 게장을 담그게 되면 시골에서는 오종종하게 작은 밤게(참게)를 쓰지만 사실은 물산의 왕래가 불편하던 옛날의 일이다. 참게는 기생충도 위험하고 몸통마저도 먹잘 것이 없어서 귀찮기만 하다. 서울 같은 대도시나 바닷가에서는 꽃게를 많이 썼다. 또 요즈음 식당에 가면 시뻘겋게 양념을 해서 겉절이하듯 꽃게장을 무쳐 내는데 즉석에서 먹어치우기에는 간편하지만, 이것도 최근의 남도식이지 옛날식은 아니다.

꽃게는 솔로 박박 문지르며 소금물에다 깨끗이 씻어서 털 같은 아가미와 세모의 등딱지며 모래주머니를 모두 떼어내고 발가락 끝을 잘라내어 손질을 한다. 간장에 생강, 마늘, 고추 등속을 넣고 끓여서 붓는 것은 얼추 같은데 여기에 우리집만의 맛의 비방이 첨가되어야 한다. 기름기 없는 약간의 쇠고기와 다시마 등을 끓인 육수와 간장을 적당히 희석해서 다시 끓여내어 식힌 뒤에 양파, 마늘, 생강, 고추 등과 함께 차곡차곡 항아리에 담아둔 꽃게 위에 붓는다. 사흘쯤 지나서 다시 장을 따라내고 끓여서 붓고 이삼 일 지나면 먹을 수 있게 된다. 게만 따로 건져 내어 냉동보관하면 오래 두고 먹을 수 있다. 알과 내장이 맛깔스러운 게딱지는 물론이고 살이 푸짐하고 쫄깃한 다리와 집게발마저 먹을 것이 많다. 그리고 남은 간장 또한 밥에 비벼 먹을 만하다.

남도에서는 밤게를 담글 적에 항아리 바닥에다 다진 쇠고기를 깔아두고 게를 넣어 하룻밤 재운다고 하였다. 그러면 게들이 밤사이에 쇠고기를 모두 먹는다는데, 그 게를 깨끗이 손질하고 나서 여기에다 간장을 붓는다.

중세 유럽의 서민들을 살린 것은, 난류와 한류가 합쳐지던 대서양의 대구와 아메리카에서 들여온 감자였다고 한다. 당시만 하여도 고기는 특권층의 먹을거리였고 대구가 엄청나게 잡혔다. 인구의 팽창과 곡물의 흉작은 전쟁과 굶주림으로 이어졌는데, 그때 대구와 감자가 주식으로 등장하게 된 것은 거의 신의 은총으로 여겨졌다고 한다.

우리에게도 다른 맛있는 생선들은 근해에서 하나둘씩 자취를 감추거나 희귀해져서 값비싼 생선이 되어갔지만, 가난한 시절부터 지금까지 서민들의 영양을 담보해준 것은 꽁치와 고등어였다. 한때 갈치가 많이 잡힐 적에는 그 신세도 많이 졌는데, 이전에는 갈치가 탐스럽게 커서 두툼하게 썰어놓은 식빵만했다. 역시 소금구이와 조림이 주종이었고 무를 반달형으로 큼직하게 썰어넣고 풋고추와 고춧가루를 벌겋게 버무려 지진 호남의 갈치조림은 입맛을 돋운다.

장에 갔던 가장이 어스름한 달밤에 막걸리 한잔으로 거나해져서 타령 한소리 읊조리며 영을 넘어올 제 새끼줄로 꿰어 들고 오던 것이 간고등어 한 손이다. 산지가 많은 영남 사람들은 지금도 평야 지방의 그들먹한 한정식보다도 경상도 막장으로 끓인 찌개와 구운 간고등어 한 토막을 더

쳐줄 정도가 아닌가. 고등어 역시 소금 간을 하여 꾸둑꾸둑 말린 것을 무를 넣어 조리거나 굽는다.

꽁치는 또한 그 무렵의 사철 고기반찬이었다. 소금 뿌려서 연탄 화덕에 구운 것을 질리지도 않고 거의 하루 걸러 먹었다. 나중에 통조림이 쏟아져나온 뒤엔 등산길에서도 군대에서도 콩나물국에 고기 대신 왕건이가 되어서 다투어 건져 먹곤 했다.

지금은 그러한 일이 없지만 그 시절에는 버려진 복어알을 주워다 온 가족이 끓여먹고 죽었다는 이야기가 심심찮게 신문에 오르내렸다. 피난 시절에는 어쩌다 먹는 동태탕이 식구들을 따뜻하게 결속시켰다. 당시에는 저 먼 남의 나라 바다에 나가서 잡아오는 참치 같은 맛들일 수 없는 고급 생선은 존재하지 않았다.

이제는 허드레가 되었거나 희귀해져서 최고급이 되어버린 생선 대신에, 나는 오늘도 여전히 내가 맛나게 먹고 있는 고등어의 동그랗게 놀란 눈을 떠올리며 슬며시 웃는다.

허리춤에 매달렸던 벤또

최초의 도시락은 아마도 주먹밥이었을 것이다.

남정네들이 집 부근의 논이나 밭에 나가 일하는 동안에 아낙네들이 대광주리나 채반에 밥과 반찬을 얹어 나르던 일은 오래된 행사였을 터이다. 조선시대의 민화에 보면 들밥 먹는 그림이 심심찮게 나온다. 춘향전에도 걸인 차림의 어사또가 들밥을 얻어먹는 장면이 나오기도 한다.

나도 예전에 남도를 방랑하던 청소년 시절에 들밥을 종종 얻어먹은 적이 있었다. 당시에는 아직도 농촌이 별로 넉넉하지 않던 시절이라 여름철에는 대개가 푹 삶아 퍼진 보리밥을 먹었다. 깡보리도 있고 이밥에 보리를 적당히 섞은 밥도 있었다. 지금 생각해보아도 호박나물이나 알감자조림 또는 가지나물 등속의 맛이라든가, 상추며 깻잎이며 데친 호박잎에 장을 쳐서 풋고추 툭 부러뜨려 싸먹던 기억이 새롭다.

들밥은 품앗이나 두레로 이루어진 공동 노동의 산물이기도 하였다. 한 마을에서 집집이 돌아가면서 여럿의 농사일을 협동하여 서로 해주는데, 이때에 새참이나 끼니도 공동으로 해결하였다. 비록 햇보리밥에 제철 푸성귀뿐이었지만 인심은 풍성하여, 일하는 남정네는 물론이고 부엌일을 거드는 노약자나 집에서 놀던 어린것들까지 손목 잡혀 나와서 함께 먹었다. 그뿐인가, 지나는 나그네라도 보이면 서로 손짓하여, 들밥 좀 같이 자시고 쉬어서 가시라고 불러대는 것이었다.

들밥에 빠질 수 없는 것이 막걸리인데 대광주리에는 식반찬과 함께 닷 되들이 술병이 들어 있었다. 밥 먹으랴 서로 권커니 잣거니 하는 밥주발의 막걸리 마시랴 하다보면 식곤증으로 축 늘어져서 제각기 땡볕을 피하여 나무 그늘을 찾아가 짧은 낮잠 한숨을 붙이게 된다. 담배 한두 죽 피울 만치 오침을 하고 나서 다시 일을 시작하면 아침처럼 새로운 기운이 부쩍 난다.

이제 이러한 들밥은 사라져버렸다. 요즈음은 농촌에서도 일손 구하기가 쉽지 않은데다 하루 일당 노임이 전국적으로 또박또박 정해져 있으며 서로 나누는 인심 따위는 없어졌다. 들에서 일하다가 휴대폰으로 짜장면 시켜 먹고 커피까지 배달해다 먹는다. 새참이라고 하여도 대광주리로 이어 나르는 일은 없고 빵이나 우유나 코카콜라가 나온다.

집 근처에서는 식구와 동네 사람들이 들밥을 어울려 먹었지만, 혼자서 깊은 산에 나무와 약초를 하러 간다든가 먼 길을 떠날 적에는 주먹밥이나 떡이나 곡물가루 같은 비상식량을 준비해서 다녔다. 옛날 전쟁 기록에서도 그렇고 동학사 같은 데서 보자면 병정들도 마찬가지였다. 밥을 주먹만하게 뭉쳐서 가운데에다 장을 찍어 바르거나, 소금을 적당히 풀어놓은 물에 두 손을 담갔다가 간간하게 밥을 뭉쳐서 주먹밥을 만들었다. 6·25 때에는 나도 그런 주먹밥을 먹은 기억이 있고, 전선의 군인들도 고지 위로 보급되어 올라온, 돌처럼 얼어붙은 주먹밥을 으깨어 먹었다고 기록되어 있다. 동양에서는 봉건 시대의 전형으로 알려진 일본에 오래전부터, 그리고 최근까지도 주먹밥 문화가 생생하게 남아 있는 편이다. 주먹밥과 다꾸앙은 사무라이의 야전식으로 널리 알려져 있다. 김밥이나 각종 스시의 원형도 그러할 것이다.

주먹밥에서 시작하여 가랑잎, 연잎, 파초잎, 호박잎같이 넓적한 나뭇잎에 밥을 싸서 간수하는 데서부터, 베 보자기나 헝겊에 싸기도 하다가 도시락이 탄생한다. 도시락은 대나무나 왕골, 덩굴줄기로 작은 고리 상자를 짜서 만들었다. 이것을 허리춤 또는 지게 모퉁이에 매달기도 하고 일터에 가서는 바람이 잘 통하는 서늘한 나뭇가지에 걸어놓기도 하고 옹달샘에 담가두기도 했다.

하여튼 음식이란 여럿이 함께 먹을 때와 노동을 한 뒤의 것이 훨씬 맛있고, 풍성한 자연 속에서 입맛이 더욱 살아나게 마련이다.

우리 기억 속에 '도시락'은 우리말 가꾸기로 나중에 바뀐 말일 뿐, 그 맛과 함께 남아 있는 말은 일본말인 '벤또'이다. 근대를 일제의 식민지로 치러낸 우리의 점심 문화는 벤또로 시작했던 것이다. 즉 직장이며 학교며 근대적 의미에서의 일터란 모두 일제가 가져온 것들이었다.

알루미늄으로 만든 그릇들을 총칭해서 양은그릇이라고 했는데 어른들은 '아루마이또'라고 불렀다. 아낙네들은 일터에 나가는 가장에게 알루미늄으로 만든 깊숙하고 네모난 벤또를 작은 손수건만한 보자기에 싸서 주었고, 남정네는 제 점심을 자전거 짐칸 위에 얹고 출발했다. 퇴근길에는 빈 벤또 속에서 젓가락이 부딪치는 소리가 딸그락거렸다.

나는 소학교 시절부터 장성해서까지 오랫동안 이 벤또를 '까먹고' 하루를 보냈다. 겨울날 조개탄 난로 위에 이것을 층층이 올려놓고 데워 먹던 생각이 난다.

도시락 반찬의 변천사도 만만치 않다. 과거에는 반찬 칸이 밥과 함께 있던 터라 뭔가 양이 적으면서도 짭짤한 것이 필요했다. 김치가 도시락 반찬의 대종을 이루었지만 때로는 멸치볶음이니 콩자반이니 각종 건어조림이나 어포볶음 등이 많았고, 해방 뒤에 무슨 서양 요리처럼 등장한 계란프라이는 밥 위에 그대로 얹어서 부잣집 반찬 행세를 했다. 그러나 어디 우리네 전래의 장아찌에 비길 만한 도시락 반찬이 있을 것인가!

철철이 나오는 채소와 해물을 뒤뜰의 장독대에 있는 간장, 된장, 고추장을 덜어내어 담가두기만 하면 되었다. 대개는 한 해만 묵히면 깊은 맛에 쫄깃하고 아삭거리는 장과를 만들 수 있었다.

채소를 일단 소금에 절여서 풀을 죽이거나 수분을 줄이고 간이 배게 한 다음에 장에 박거나 담근다. 가장 기초적인 것이 무나 마늘이나 오이를 된장, 고추장, 그리고 간장에 담그는 것이다. 특히 된장과 고추장에 박은 무는 노랗고 발갛게 색깔이 서로 다르고 맛도 다르다. 소금에 절이기만 한 오이와 무도 담백한데, 참기름과 고춧가루를 쳐서 무치기도 한다. 마늘과 마늘종은 각각 간장과 고추장에 담근 것이 맛이 다르다. 더덕은 고추장에 담근 것이 맛있고 풋고추와 깻잎은 간장에 담근 것이 맛이 있다. 감이나 오이, 참외, 가지 등속은 된장에 담그면 아삭거리고 깊은 맛이 든다. 무말랭이는 간장에 담갔다가 무칠 때에 고춧가루 등속을 쓴다. 김이며 미역, 다시마 등속은 고추장에 담근 것이 맛있다.

덕산 살 때 제주도에 갔던 일이 생각난다. 망명과 투옥으로 십여 년 이상이나 국내 여행을 못했다가 오랜만에 찾아가니 친구들이 반겨주었다. 하루는 나를 점심에 초대해서 바닷가의 사라봉으로 따라나섰다. 그날 먹을 음식들을 몇 집에서 제각기 싸가지고 나왔는데 모두 싱싱한 푸성귀에 짭조름한 밑반찬 종류였다. 콩잎에 멸치젓을 넣어 밥을 싸먹기도 하고 잘게 토막 쳐서 양념에 버무린 자리돔을 상추에 싸먹기도 하였는데, 특히 입맛을 돋우었던 것은 된장에 버무려 담근 제주도식 갓김치였다.

하여튼 돌아온 뒤에도 그런 소박한 반찬을 싸들고 집

부근으로 나가서 점심이나 저녁을 먹는 취미가 생겼다. 또한 달랑 제 식구만 나가는 게 아니라 이웃이나 친구 가족도 불러서 함께 갔다. 어떤 날은 옛날식 양은도시락에 짭짤한 밑반찬과 밥을 싸서 하다못해 동네 공원에 나가서 먹기도 했다.

언제부턴가 아이들은 정체도 모를 미국식 패스트푸드로 점심을 때우고, 어른들도 야외에만 나가면 그저 고기를 떡 벌어지게 지글지글 구워서 독주에다 실컷 마시고 쿵쾅거리는 가라오케 기계를 틀어놓고 법석댄다.

장아찌는 장독대가 사라지면서 백화점의 반찬가게로 옮겨갔고, 서로 담 너머로 장을 빌리거나 찬을 나누고 들밥을 함께 먹던 문화는 식구끼리의 외식 문화로 바뀌었지만, 실천하기에 따라서는 회복하지 못할 것도 없다는 생각이 든다.

4 나그네살이

그야말로 우리 뚝배기처럼 생긴 질그릇에 뜨거운 수프와
빵을 내왔는데…… 묵은 치즈 냄새며 마늘이 어우러져
된장찌개맛이 났다. 문득 가족들과 둘러앉아 김을 후후
불며 된장찌개를 떠먹던 단란한 밥상이 그리워졌다.

배불리 먹고
낮잠 한숨

내가 처음 나라 밖으로 나가본 것은 팔십오년 오월 무렵이다. 그때 광주항쟁을 기록한 책을 지하 출판하고는 도망다니다가 한 달 만에 잡혀서, 관세법 위반자들을 가두는 외국인 유치장에 갇혀 있었다. 당시의 공안 당국에선, 정식 재판을 하려니 내가 워낙에 떠들썩한 사람이라 재판 진행 과정에서 '학살'의 진상이 모두 밝혀지겠고, 그냥 시일을 끌며 격리 유치시키려니 소문이 나겠고 하여 궁여지책으로 짜낸 생각이 당분간 추방이라는 형식의 외유 권유였다.

때마침 독일 베를린에서 열리는 제3세계문화제에 아시아 작가로 초청되어 독일대사관에서도 나의 출국을 몇 차례 요청하였으니 당국으로서도 좋은 핑곗거리가 되었으리라. 여권과 비행기표를 받고 시내에 나가 옷가지 몇 점 사고는 그대로 출국했다. 당시에는 우리 같은 반체제 요주의 인사는 출국은커녕 공항 근처에 얼씬거리지도 못하는 형편이었다.

여행이 자유화된 후로는 젊은이들도 배낭 지고 한번 나갔다 와서는 우리가 얼마나 획일적이고 폐쇄된 사회인가를 느꼈다고 할 정도다.

요즘과는 달리 당시에는 보통 사람들이 여권을 받으려면 까다로운 신원 조회와 이른바 국가 사상 교육인 '소양교육'이라는 과정을 거쳐야만 출국할 수 있었으니, 위압감과 그에 비례한 해방감은 훨씬 컸을 것이다. 하여튼 그때부터 해외 인사들과 접하면서 또다른 '자아'를 발견하게 되는데, 공식 행사가 다 끝나고 나서 쉽게 귀국할 수도 없고 최소한 일 년 가까이는 떠돌아야 할 형편이었다. 일단 유럽에서 이 나라 저 나라로 돌아다녔다.

건달처럼 아무것도 하지 않고 빈둥거리기로는 온갖 세상 잡색들이 다 모여 있는 파리가 그중 제일 편했다. 이럭저럭 공부하러 간 친구들도 하나둘씩 만나게 되고 망명객들도 만나고 하다가 괴짜 친구 하나를 사귀게 되었다. 사업

이랍시고 벌여는 놓았지만 가끔씩 점검만 해도 되는 일이고 수입도 괜찮아서 그야말로 남는 시간은 온통 문화 창조와 노는 걸로 세월을 보내던 내 또래의 '부랑자'로, 그도 내가 마음에 들었는지 아니면 노는 문화에 적응이 빠르다고 느꼈던지 날마다 이 핑계 저 핑계로 나를 불러냈다.

어느 날 황혼 무렵인데 이 친구가 느닷없이 차를 몰고 와서는 내가 묵고 있던 숙소 아랫길에서 경적을 빵빵 울리며 법석이었다. 사연인즉, 한 달 동안 휴업이니 어디 가자는 거였다. 나는 그냥 작은 가방 하나 달랑 메고 그의 차에 올랐는데, 어디로 갈 거냐고 물었더니 '안달루시아'라고 간단히 답하고는 스포츠카를 쌩하니 몰고 달리기 시작했다.

나중에 독일에서 몇 년간 망명 생활을 하면서 유럽의 이곳저곳을 돌아다녀보았지만, 스페인은 마드리드에 회의차 한번 다녀왔을 뿐 그때처럼 마음 푹 놓고 여행을 다니지는 못했다.

안달루시아는 스페인의 남부 지방으로 지중해에 면해 있고 뒤로는 시에라네바다 산맥이, 바다 건너편에는 아프리카 대륙이 보인다. 이 지방의 끝 쪽에 아프리카 대륙과 가장 가까운 지브롤터 해협이 있다. 안달루시아 지방은 사라센의 침공과 지배로 이슬람 문화의 흔적이 짙게 남아 있는 곳이었다. 그리고 이곳은 집시의 고장이다. 대토지 소유 지주가 많은 대신에 가난한 소작농들이 올리브나 포도를 경작해서 근근이 살았다. 그래서 옛적부터 『카르멘』에도 나오듯이 집시와 산적이 많았고 민란도 빈번했다. 스페인 내전 때에는 인민전선측의 공화파가 가장 강성했던 고장이다. 나폴레옹은 피레네 산맥을 넘으면 유럽이 아니라고 말했다지만, 그중에서도 안달루시아는 스페인도 아니었다.

마침 건기라 대지는 척박하고 메말라 보였는데 풀과 나무들이 우리네 겨울처럼 모두 말라서 누런색이었다. 그러나 하늘은 투명하게 맑고 바람도 선선하게 불었다. 안달루시아로 깊숙이 들어갈수록 전라도 황토처럼 대지는 진한 붉은색이었다.

내 친구 부랑자는 차를 몰고 가는 내내 플라멩코를 신나게 틀어댔다. 플라멩코는 이를테면 우리네 판소리와 비슷했다. 들을수록 그 창법이나 떨림에 애조가 깃든 것이 판소리 비슷한데, 우리네가 여섯 마당이듯이 플라멩코의 원형도 여섯 마당이다. 거기에 각 지방 마을마다 제 사연을 엮어서 사설을 풀듯이 부르고 여럿이서 돌아가며 한 대목씩 주고받는다. 누군가 선창을 하고 나면 마치 특기라도 들려주듯이 다른 사람이 나서서 이색적인 느낌과 맛으로 자기 소리를 자랑한다. 남녀가 부르는 소리도 서로 맛이 다르다.

우리는 파리에서 밤새껏 달려 툴루즈로 해서 국경을 넘어 바르셀로나에서부터 안달루시아 여행을 시작했다. 발렌시아, 알리칸테, 그라나다, 말라가, 세비야, 코르도바 등지로 이어지는 여정이 한 달 가까이 계속되었다.

역시 곳곳마다 음식도 맛있었다. "춤추고 노래하며 노는 것하고 먹는 것은, 머리 까만 놈들이 뭘 좀 안다니까" 하는 친구의 말처럼 나는 금발에 눈이 푸른 북유럽 쪽의 음식에는 맛을 들이지 못했다. 영국 음식은 맛없기로 정평이 나 있고 독일 음식은 기름지고 고기투성이다. 지중해를 끼고 있는 라틴계의 음식이 맛있는 것은 동방의 양념과 조리법이 서로 섞였기 때문이리라. 북부 쪽은 특히 마늘이라면 질색인데 이 머리 까만 양반들은 음식마다 마늘을 넣는다. 그리고 이들은 어느 요리에나 해물을 빠뜨리지 않는다.

우리는 다양한 숙소에서 잠을 잤고 그에 따라서 격식 있는 레스토랑이나 작은 시골 식당 또는 주점도 거쳤으며 항구 거리의 좌판에서도 먹었다. 요즘은 좀 달라졌지만 당시에 스페인식의 식사 시간대는 독특해서, 여행자들은 이곳 시간대에 맞추다가는 위장병이 생기거나 굶어죽을 판이라고 불평들을 했다.

여기 사람들은 파리에서처럼 아침식사를 가볍게 먹는 둥 마는 둥 한다. 아침은 카페오레 한 잔에 막대기 과자나 한 개 먹고, 우리네 점심시간쯤인 열두시 언저리에 술 한 잔에 간식을 조금 먹는다. 정작 점심은 오후 두시가 넘어야 먹는데, 여기 사람들이 하루 중에 제일 열심히 든든히 먹는 끼니다. 점심시간은 오후 네시 무렵까지 계속되고, 그러고 나서 시에스타에 들어간다. 그야말로 배불리 먹고 마시고 떠들고 달콤한 낮잠 한숨을 '때리는' 거다. 이 무렵에는 문을 닫는 가게가 많아서 시간을 놓친 여행자는 쫄쫄 굶을 수밖에 없다. 저녁은 다시 밤 열시가 넘어서야 시작된다. 점심보다는 못하지만 그래도 해물이며 와인이며를 먹고 마시고, 신이 나면 밤늦게까지 노래하고 떠들어댄다.

'모하카르'라는 작고 아름다운 마을에서였다. 아마도 말라가 근처의 해안이었을 것이다. 건너편으로 아프리카의 회백색 산과 대지가 보였다. 마을은 온통 모래땅인 것 같았다. 크고 작은 언덕들이 마을 주위를 둘러싸고 있었다. 해거름녘에 보라색으로 어두워지는 하늘에 아랍식의 초승달이 떴다. 그 달과 흰 언덕이 잘 내다보이는 작은 시골 식당의 테라스에서 식사를 하는데, 제일 먼저 나온 것이 차디찬

'가스파초 수프'였다.

토마토, 오이, 양파, 마늘, 피망, 파슬리, 실파 등속을 믹서에 넣고는 토마토주스를 부어 적당히 갈아서, 올리브기름과 레몬주스로 고소하면서 새콤한 맛을 내고, 타바스코 소스를 쳐서 맵싸한 맛으로 마무리한 다음 냉장고에 넣어 차게 식힌다.

요리를 먹기 전에 차디찬 가스파초 수프를 한 입 떠넣으면 하루종일 덥고 메말랐던 기분이 가시면서, 입안에 매운 맛과 야채의 향기가 감돌며 무엇이라도 사납게 먹어치울 것 같은 식욕이 솟구친다.

어느 노천카페의 마늘 수프

코르도바
멀고도 고적한 곳
검둥 말 큰 달
주머니에 올리브를 넣고
가는 길은 알지라도
코르도바에 이르지는 못하리
들을 지나 바람을 지나
검둥 말 붉은 달
죽음은 나를 보고 있는데
코르도바의 높은 탑에서

아아 얼마나 먼길이냐

아아 귀여운 나의 말

아아 내가 코르도바에 이를 때까지

죽음이 나를 기다려주면

코르도바

멀고도 고적한 곳

'페데리코 가르시아 로르카'는 안달루시아의 시인이다. 파블로 네루다와 가까운 친구이기도 했다. 『집시 노래집』이 유명한 시집이고 『피의 결혼』이나 『베르나르다 알바의 집』 같은 희곡들은 우리나라에서도 여러 번 공연되었다. 그는 '바라카'(집시 마차)라는 문화패를 이끌고 벽촌을 찾아다니며 안달루시아의 빈농들을 위해서 공연했는데, 내전중 그라나다 부근의 마을에서 프랑코의 파시스트들에게 피살된다.

시에라네바다 산맥의 작은 언덕이나 골짜기마다 우리네 산골 마을 같은 작은 동네가 나타나곤 했다. 거의가 산등성이에 올리브 농사를 짓고 있어서 작은 터전마다 올리브나무가 빽빽했다. 올리브는 절여서 먹기도 하지만 대부분 기름을 짠다. 지중해 연안 나라들은 모두 올리브기름으로 조리하고 야채샐러드를 무친다. 올리브기름은 아직 덜 익은 것을 따서 짜야 최상급인데 거의 푸르스름한 녹색을 띠는 버진이 그렇다. 이것은 튀기는 데 쓰지 않고 싱싱한 채로 음식에 쳐서 먹는다.

올리브를 재배하는 농가들은 멀리서 보면 우리네 지리산 자락에 붙은 작은 산골 마을처럼 보인다. 여기 아이들 또한 눈이 새카맣고 머리가 곱슬곱슬할 뿐, 표정이나 장난기 어린 웃음이 우리네 촌아이들과 똑같아 보인다.

이런 마을들을 지나다가 때마침 올리브 축제가 열린 마을에 당도하게 되었다. 마을의 중심부에 제법 너른 광장이 있었는데, 앞쪽에 일 미터쯤 되는 높이의 가설무대를 설치해놓았고 광장 둘레에는 둥글게 나무의자와 기다란 나무탁자를 놓았다. 가운데는 역시 둥글게 비워둔 셈이다.

우리는 운이 좋았다. 올리브 축제는 온 마을이 협동해서 올리브를 딴 뒤에 밤새도록 마시고 춤추며 노는 행사다. 이런 잔치는 또 우리네가 그렇듯이 타관의 나그네나 이방인도 한식구로 받아들인다. 탁자 위에는 포도주와 통밀빵이 있고 이 동네 특산물인 햄은 얼마든지 있다. 우리는 서로 자기네 테이블로 오라는 사람들의 아우성과 웃음소리를 헤치고 무대가 정면으로 보이는 곳을 향하고 앉았다. 앉자마자 사방에서 잔을 권하고 포도주를 따라준다. 무대 위에서는 플라멩코 가수와 무희들이 손뼉과 기타를 치며 노래를 하고 있다. 근방 마을에서 온 집시들이다. 그러나 그들의 노래 솜씨에 못잖은 마을 사람 누군가가 올라가서 차례로 뒷소리를 이어받는다. 빠른 박자의 박수치기는 옆 사람이 하는 대로 손바닥을 옴폭하게 오므려 거세게 두드리면 타악기 비슷한 신명나는 소리가 난다.

남자들은 프릴이 달린 소매 넓은 흰 셔츠에 허리가 꼭 끼는 검은 나팔바지를 입고, 발 구르는 소리가 요란하도록 굽 높은 구두를 신었다. 여자들은 원색의 폭이 넓은 치마를 입고 치맛자락을 쳐들고 흔들면서 춤을 춘다. 캐스터네츠가 딱딱거리고 탬버린이 아래위로 흔들린다. 주위에 둘러앉은 마을 사람들도 취기가 돌고 신이 오르면 가운데의 빈 터로 나가서 플라멩코 춤을 춘다.

이런 밤에는 포도주를 마시고 구수한 통밀빵을 손으로 아무렇게나 뜯어 먹고 '멜론 콘 하몽'을 먹는다. 당시 우리나라에서는 구경할 수 없던 스페인의 하몽은 유명해서 대도시의 의류를 파는 상가들 틈에서도 진열창에 줄지어 매달린 돼지의 뒷다리를 볼 수 있었다. 간고등어 절이듯 소금물에 담갔다가 거꾸로 매달아놓으면 발효 숙성이 되는 동안 기름기가 완전히 빠진다고 한다. 이것을 날것인 채로 얇게 썰어놓으면 젖은 종잇장처럼 보인다. 서양 참외인 스페인 멜론은 전 유럽에서 유명할 정도로 달고 향기롭다. 가뭄에 과일이 잘 익는다는 말처럼 기후가 건조하고 햇빛이 강렬하기 때문이다. 붉은 주황색 속을 가진 것도 있고 우리네 청참외같이 푸른 속도 있고 노란 껍질에 흰 속도 있다. 붉은 빛깔의 하몽에는 푸른 멜론이 보기에도 좋고 입맛이 돈다.

스페인의 한 달을 어떻게 다 기억할 수 있으랴. 시에라네바다의 정상을 차를 몰고 넘던 생각이 난다. 몇 시간이고 꼬불거리며 비탈길을 느릿느릿 올라가서 제법 너른 공지에 이르렀는데, 누렇게 마른 풀들만 조금씩 보였고 한라산 백록담만한 아담한 분화구 연못이 있었고 주위의 그늘진 곳에는 두터운 얼음이 남아 있었다. 물은 푸르고 맑았다. 가운데는 제법 깊어 보였다. 부랑자와 나는 기념으로 발가벗고 그 순수한 물에 뛰어들어 잠깐 수영을 했다. 산을 넘어 코르도바 쪽으로 가면서 생각해보니 스페인에서 파는 생수의 이름이 '아구아 데 시에라네바다'인 것이 생각났다. '시에라네바다의 물'이란 소리다. 이를테면 모든 스페인 사람이 마시는 물의 원천지에서 못된 짓을 하였으니 즉시 추방감이다.

'파에야'는 안달루시아에서 가장 알려진 음식이다. 우리식으로 보면 '해물밥'인 셈인데 누구나 먹어보면 집에 돌아가 다시 해먹고 싶은 만만함과 친근한 느낌이 든다. 파에야라는 말은 바닥이 넓적하고 둥근 프라이팬의 이름에서 유래되었다. 조개, 홍합, 왕새우 등속과 닭고기 등을 재료로 쓴다.

중앙 고원 지대의 알려진 음식은 '아사도'인데 새끼돼지 통구이다. 갓 태어난 돼지 새끼는 어미의 젖밖에 먹은 것이 없어 고기가 매우 연하고 정갈하다.

'엘 쿠아르토 데 아사도'는 새끼양 다리 로스트인데 마늘, 소금, 후춧가루로만 양념하여 셀러리, 당근, 양파를 깔고 오븐에 고르게 구운 것이다.

말라가의 해변 좌판에서는 링처럼 둥글게 썬 오징어튀김과, 정어리튀김에 새우와 조개를 넣고 끓인 '살스에라'를 먹었다.

그라나다의 알함브라 궁과 동굴에서 집시 가족이 부르던 플라멩코도 생각나고, 고성이나 수도원을 호텔로 개조한 귀족적이며 고풍스런 파라도르의 방 창문으로 천야만야한 낭떠러지를 내려다보던 일, 이튿날 아침에 전통 복장을 한 웨이터들이 뷔페를 차리던 모습이 생생하다.

심야의 마드리드에 도착했을 때 레스토랑은 모두 문을 닫았고, 우리는 어느 노천카페에 앉아 '마늘 수프'를 먹었다. 그야말로 우리 뚝배기처럼 생긴 질그릇에 뜨거운 수프와 빵을 내왔는데 어두워서 내용물은 잘 보이지 않았지만 묵은 치즈 냄새며 마늘이 어우러져 된장찌개맛이 났다. 문득 가족들과 둘러앉아 김을 후후 불며 된장찌개를 떠먹던 단란한 밥상이 그리워졌다.

외베눔 마을의
브뢰첸과 배맛

독일에서 처음 망명 생활을 시작했던 곳은 베를린이 아니라 함부르크에서 조금 떨어진 북해의 섬이었다. 내 친구인 독일인 조각가의 별장이 그 섬의 외베눔이라는 마을에 있어서 그곳을 몇 달 동안 집필 장소로 쓸 수가 있었다. 친구는 함부르크 예술대학의 교수여서 방학 때에만 그 시골집을 사용한다고 했다.

나는 코발스키라는 이름의 검은 고양이 한 마리와 별장에서 살았다. 고양이는 여류 시인 사라 키르쉬가 내 친구에게 선물로 분양한 수컷이었는데 독일 가정집 고양이들이 그렇듯이 거세된 놈이었다.

내가 외베눔에 살면서 처음 맛을 들인 것은 빵이었다. 유럽에서 독일이 제일 맛있다고 내세울 수 있는 것 몇 가지가 있다. 맥주의 다양함과 맛은 누구나 아는 상식이고 백포도주 역시 그러하다. 소시지의 종류와 맛 또한 제일이다.

그리고 역시 빵이 맛이 있다. 우리에게는 언제부터인가 프랑스의 바게트가 맛있는 빵으로 자리를 잡았지만 사실은 프랑스 사람들도 독일 빵의 맛에는 두 손을 들 정도다. 그것은 아마도 독일 평원 지대의 기후 덕도 있을 테지만 좋은 밀이 나오기 때문일 것이다. 감자 요리와 빵은 유럽에서 제일인 듯하다. 살찐 독일 사람들을 일컬어서 '감자 배때기'라고 할 정도로 감자와 빵을 거의 매끼 먹는다.

독일 사람들이 아침에 먹는 빵은 저 유명한 '젬멜' 또는 '브뢰첸'이라는, 아이 주먹만한 동그란 빵이다. 빵가게에서는 새벽부터 아침거리의 빵을 굽는데 제시간에 맞추어 가야만 따끈하고 맛있는 빵을 살 수가 있다.

이런 사정은 파리에서도 다르지 않아서, 아침에 일찍 부산을 떨며 일어날 자신이 없는 젊은이들은 전날 저녁에 기다란 바게트를 사서 귀가하다가 친구라도 만나면 빵으로 서로 때리고 장난도 친다. 그렇지만 독일에서는 아침나절에 브뢰첸을 살 자신이 없으면 아예 맛있는 아침식사는 포기해야만 한다. 그렇다고 빵가게가 멀리 있는 건 아니어서 대도시든 시골이든 적당한 거리에 한둘씩은 있으니까 잠깐 산보하러 나가는 셈 치면 된다. 빵은 부근의 정육점에서도 팔고 있어서 햄이나 소시지와 함께 살 수도 있다.

나는 아침에 자전거를 타고 외베눔 마을을 한 바퀴 돌고 빵가게로 갔다. 브뢰첸도 여러 종류인데 위에다 검은깨나 흰깨를 뿌린 것도 있고 너트를 박은 것도 있다. 껍질은 바삭하고 안은 말랑말랑하며 기포가 가득하다. 브뢰첸의 가운데를 잘라서 잼이나 버터를 바르기도 하고 치즈와 각종 햄을 넣어 먹기도 한다. 거위 간을 바르거나 타타르 치즈를 바르거나 생햄이며 양상추며 살라미 저민 것을 끼워 먹기도 한다.

거리의 스낵바인 '임비스'에서는 구운 소시지와 야채를 끼워주기도 한다. 도로 공사 같은 중노동을 하는 노동자도 소시지 끼운 브뢰첸 두어 개에 작은 병맥주 하나로 점심을 너끈히 해결한다. 전날 사두었다가 묵힌 빵은 오븐에 넣어 다시 구우면 바삭한 맛으로 먹을 수가 있다. 독일에 처음 온 어떤 이가 아침에 브뢰첸을 먹고 나서 너무도 맛이 있어서 여덟 개나 먹어치우고는 하루종일 더부룩해서 혼났다는 얘기를 듣기도 했다. 점심때에도 집에서 준비해온 브뢰첸을 공원 벤치에서 먹고 있는 사람들을 흔히 볼 수가 있다.

점심이나 저녁때에 푸짐한 고기 요리와 더불어 먹는 빵으로는 둥글넓적한 농가의 통밀빵이 있는데, 껍질이 암갈색으로 잘 익어 있다. 얇게 썰어서 치즈를 넣어 겹치거나 버터를 발라 먹는데, 안에는 곡물이나 씨앗이 들어 있어서 간간이 고소하게 씹힌다. 그보다는 작지만 역시 둥글넓적한 호밀빵이 있다. 러시아 흑빵처럼 검은색이고 스튜나 수프와 함께 먹으면 맛이 있다.

안이 비칠 정도로 투명하고 껍질이 얇은 독일 감자는 요새 갑자기 커진 우리네 감자보다 훨씬 작다. 어른 손아귀에 쥐면 달걀보다 조금 커서 위로 비집고 나올 크기만하다. 나는 손칼 모양의 감자깎이를 사용하지 않고 스푼 끝으로 살살 벗겼다. 이것저것 요리해 먹기 귀찮을 때에는 굵고 큼직하며 안에 양념 입자와 고깃살이 씹히는 한 뼘 크기의 소시지를 사다가 감자와 함께 먹었다.

마을에는 어디에나 정육점이 있고 이른바 핸드 메이드라고 하여 즉석에서 만들어주는 소시지가 있었다. 껍질 벗긴 감자를 물이 자박자박한 냄비에 넣어 파슬리가루를 뿌려서 삶아내고 소시지는 다른 냄비에 물을 끓여 데쳐낸다. 데친 소시지는 기름기가 적당히 빠지고 부드러워져서 아주

맛이 좋다. 접시에 파슬리가 파릇파릇 묻은 삶은 감자와 데친 소시지를 담고 감자에는 소금을 약간 치고 소시지에는 머스터드를 바른다. 차게 해두었던 맥주를 한 모금씩 마시면서 감자와 소시지를 곁들여 먹는 맛이 그만이다. 이런 간단한 식사법은 별장 주인인 내 친구에게서 배운 것이었다.

외베눔의 친구 별장은 이백 년이나 되었다는 농가였다. 지붕이 높아서 로프트를 만들어 이층은 다락방 침실과 서고 공간으로 쓰고 있었다. 지붕은 우리네 같은 초가 모양인데, 초가지붕은 해마다 또는 격년으로 지붕을 갈아야 하지만 그보다는 영구적인 듯했다. 층층으로 갈대를 덮고 그 사이사이로 콜타르를 뿌려서 엉기게 해놓았다. 지붕의 추녀로 자른 단면이 보이는데 두께가 족히 삼십 센티미터는 되어 보였다. 양쪽 벽과 가운데 페치카 겸 오븐이 달린 벽은 벽돌로 쌓아올렸다.

주변에는 이런 농가가 반듯한 마을길 좌우로 있었고, 아직도 농사를 짓는 집들이 있어서 헛간에 낟가리가 쌓여 있거나 트랙터들이 세워져 있었다. 또는 도시 사람들의 산뜻하게 지은 현대식 별장도 있었다.

뒷마당에는 보기 좋게 자란 사과나무 두 그루가 있어서 그곳에 해먹을 달아매놓고 낮잠을 자기에 좋았다. 검은 딸기나무도 몇 그루나 있었고 그중에서도 배나무는 대단한 명물이었다. 물론 길쭘하고 울퉁불퉁하게 열리는 서양 배나무였다. 나는 물이 많고 시원한 우리 배와 달라서 서양 배를 깔보고 있었는데, 그 정원 배나무의 배맛은 나도 그랬지만 누구보다도 까마귀들이 인정하고 있었다.

외베눔의 배는 둥그런 머리부터 익어가는데 그건 마치 무화과가 익듯이 머리 언저리가 노랗게 물들기 시작한다. 기가 막힌 향기가 나고 한입 베어 물면 정말 잼처럼 달다. 사각 하면서 단물이 입안에 가득찬다. 익어가는 배의 머리를 손가락으로 누르면 말랑말랑하고, 먹고 나면 손에는 끈적끈적한 당분이 들러붙을 정도다.

까마귀가 아예 진을 치고 배나무에서 살았다. 나중에는 까마귀를 쫓는 데도 힘이 부쳐서 아예 포기하고 말았지만 까마귀가 한 입 파먹고 풀밭에 떨군 배를 주워 먹는 재미도 알게 되었다. 부리의 자국이 팬 곳을 도려내고 나머지를 먹는데, 과연 녀석의 미각은 대단하여 가장 잘 익은 배가 틀림없었다.

독일의 가정식

내가 있던 집에서 길을 건너 골목으로 들어가면 역시 농가인데 집 앞쪽만 큰 유리창을 내어 단 작은 식당이 있었다. 그 집 이층은 섬을 찾는 여행자들에게 방도 빌려주는 민박집인 셈이었다.

그 집의 이름은 잊었지만, 집 앞쪽에 희고 노란 장미 울타리를 낮은 목책 위에 둘러놓았었다. 이른바 독일식의 '가정식 백반'을 하는 집이었다.

독일의 집들은 동화책에 나오는 장난감집같이 지붕의 경사가 가파르고 작은 유리창들이 평범하게 달려 있는데, 두 손바닥을 펴서 모아놓은 것 같은 지붕 아래에는 어디나 경사가 노출된 다락방이나 이층 공간이 있다. 현관도 그냥 한 쪽짜리의 격자 유리가 달린 도어일 뿐이다.

내가 외베눔에서 발견한 가정식 음식을 하는 식당이 그런 집이었는데, 낮에는 집 앞에다 식탁 대여섯 개를 내놓았고 문 옆에는 가판대와 작은 행거를 설치했다. 행거에는 손으로 뜬 재킷이며 숄이나 스웨터를 걸어두고, 좌판 위에는 각종 절임과 잼 같은 것들을 상표가 붙지 않은 병에 담아서 팔고 있었다. 여행자들은 한적한 섬마을을 돌아보다가 자전거나 차를 멈추고 들러서 털스웨터를 고르고 마음에 들면 사기도 한다.

식당의 주인인 할머니와 중년 아낙은 점심과 저녁 시간 외에 한가할 적에는 밖에 내놓은 의자에 나란히 앉아 다정하게 이야기를 나누면서 뜨개질을 한다. 저녁때에는 아마도 그 댁 따님인 듯한 십대의 소녀가 나와서 홀의 접대를 돕기도 한다.

나는 주로 저녁식사 무렵에 혼자 조리하기 싫증날 적마다 그 집에 들러서 식사를 했다. 의자와 식탁도 모두 투박한 나무들이고 장식장이며 집안에 보이는 것이 모두 그을린 듯한 나무들뿐이었다.

처음에 그 집에 들러서 맛보았던 것이 '가자미 버터구

이'였다. 북해에서 제일 많이 잡히는 것들이 대구와 연어이고 그다음으로 연안에서 흔한 생선이 고등어와 가자미라는 걸 나중에야 알았다. 가자미는 혀가자미라고 해서 손바닥만한 놈들이고 고등어도 우리네 꽁치만한 크기의 자디잔 놈들이다.

내가 처음에 그 섬에 갔을 때 내게 별장을 빌려준 독일 조각가 친구 가족들과 함께 바닷가로 놀러가서 '동양인의 신비'를 한껏 뽐낼 수 있었던 것도 다 가자미 덕분이었다.

물이 빠져나가기 시작하는 갯벌을 맨발로 돌아다녔는데 어쩌다가 썰물이 미처 다 빠져나가지 못하고 저지대에 웅덩이처럼 물이 고여 있는 곳이 있었다. 그리고 그곳의 갯벌은 우리네 같은 진흙 뻘이 아니라 짙은 회색의 모래였다.

나는 무릎까지 차오르는 웅덩이 속을 거닐다가 문득, 발바닥 아래에서 뭔가 꿈틀하는 느낌을 받았다. 어릴 적부터 영등포 샛강에 나가 놀던 경험으로 그것이 조개든 모래무지든 아니면 운좋게 뱀장어든 뭔가 생물이 분명하다는 걸 알아채고는, 발을 떼지 않은 채 지그시 눌러놓고 허리를 굽혀 발바닥 밑으로 손가락을 조심스럽게 들이밀었다. 퍼드덕하는 것이 분명히 물고기였다.

엄지와 검지로 움켜쥐고 잡아올렸더니 펄펄 뛰는 가자

미였다. 가자미는 물 밑바닥 모래 위에서 모래를 한 꺼풀 뒤집어쓰고 납작 엎드려 밀물이 들어오기만 기다리고 있었던 것이다. 발을 살살 끌면서 좀더 더듬어보니 제 놈들이 어디로 도망을 가랴, 부근의 모든 물웅덩이가 가자미의 은신처였다.

그래서 한두 시간 동안에 간단히 가자미 삼십여 마리를 발바닥으로 잡아올렸고, 독일인 친구는 내가 무슨 중국이나 일본의 감이 빠른 무사처럼 보였던지 뒤에 다른 친구들에게 몇 번이나 내 자랑을 늘어놓았다.

우리는 티셔츠를 벗어서 거기다 싱싱한 가자미를 싸왔다. 독일 사람들이 이 생선을 얼마나 좋아하는가도 그때 알게 되었다. 당뇨로 고생하던 극작가 뒤렌마트를 베를린에서 만났을 때에도 그의 주식은 거의 날마다 가자미였다.

가자미는 흰 살 생선으로 기름기가 적고 맛이 담백하다. 이른바 혀가자미라는 작은 놈을 최상으로 치는데 뼈와 살이 연하기 때문이다. 이것으로는 버터구이인 뫼니에르를 만들어 먹고, 이보다 조금 커서 손바닥 크기보다 넘치면 조금 맛이 떨어지긴 하지만 오븐구이를 해먹는다.

가자미의 머리와 내장을 제거하고 껍질을 벗겨 살을 포뜨기 한 다음 소금과 후추를 뿌려서 밀가루 위에 두어 번

굴리고 팬에 노릇노릇 지진다. 프라이팬에 생선을 지지면 배어나온 물기가 남는데, 거기에 버터를 넣고 레몬즙과 후추와 소금을 넣어 소스를 만든다. 지진 생선에 소스를 끼얹고 다진 파슬리를 뿌리면 간단하게 끝난다.

오븐구이는 내장을 제거한 가자미에 레몬즙과 화이트와인을 뿌리고 통째로 오븐에 구워낸다. 뒤렌마트가 먹던 게 바로 이런 가자미구이였다.

가자미 요리에는 꼭 감자가 곁들여지는데 뫼니에르와 구이에 따라 감자도 달라진다. 버터구이는 아무래도 기름기가 있으니까 파슬리 다진 것을 뿌린 으깬 감자가 제격이며, 오븐구이에는 감자 소테나 지진 감자가 어울린다.

나는 나중에 베를린에서 몇 년을 보내면서 감자 한 가지로 얼마나 다양한 요리가 가능한가를 알게 되었다. 버터, 우유, 생크림을 넣고 모차렐라 치즈로 맛을 낸 감자그라탱은 바로 독일 가정의 식탁을 연상시킨다.

'자우어크라우트'와 '아이스바인' 얘기를 해야겠다. 우리네가 김치를 담가 먹는 배추를 서양 사람들은 중국 배추라고 부르지만 예전에는 찾아볼 수가 없었다. 그들은 우리가 양배추라고 부르는 캐비지를 배추로 알고 상식한다.

그들은 양배추를 소금에 절여 발효시켜서 먹는데 시큼

한 맛이 슴슴한 백김치 비슷하다. 초창기의 유학생들은 이것의 병조림을 사다가 고춧가루를 뿌려서 김치 대용으로 먹었고, 고추장이나 고춧가루를 넣고 돼지고기를 넣어서 김치찌개를 만들어 먹었다. 이런 독일식 양배추 김치를 자우어크라우트라고 부른다. 독일인들은 이것 때문인지, 처음에는 조심스럽지만 일단 우리 김치를 한번 먹어보면 이내 김치광이 될 정도로 입맛을 들이게 된다.

자우어크라우트는 기름진 돼지고기와 어울리는 것이어서 주로 우리 족발 비슷한 독일 돼지고기 요리인 아이스바인과 곁들여 먹게 된다. 성장한 여인들이 포크와 나이프로 정강이뼈를 요리조리 돌려가며 능숙하게 살을 발라먹는데 나중에는 뼈만 달랑 접시 위에 남게 된다.

스테이크는 어디나 있는 흔해빠진 음식이라 거론할 필요도 없겠지만, 종류가 하도 많은 독일 소시지 가운데 겉이 프랑크푸르트 소시지처럼 매끈하지 않고 울퉁불퉁하며 손가락만한 크기의 뉘른베르크 소시지를 감자샐러드와 함께 생맥주 조끼를 옆에 놓고 먹는 맛은 잊을 수가 없다.

바닷가가 한정되고 내륙이 더 많은 독일에서는 민물고기 요리도 발달해 있는데, 특히 슈바르츠발트의 송어 요리와 훈제 뱀장어 요리는 햄이나 소시지에 질린 입맛을 돋우어준다.

베를린에서는 미국식 햄버거나 피자가 별로 인기를 끌지 못한다. 터키 사람들이 들여온 '되너 케밥' 때문이다. 이를테면 대중적인 면에서나 이방인이 들여와 입맛을 정착시켰다는 면에서 되너 케밥은 '독일의 짜장면'이다. 파리나 뉴욕에서도 간혹 눈에 띄었지만 역시 이것은 독일에서 대히트를 쳤다. 육십년대에 독일이 풍요해지면서 노동 이민을 많이 받아들일 적에 터키 노동자를 따라서 들어온 음식이 케밥인 셈이다.

양고기 덩어리를 둥근 전열판 가운데에 꿰어놓고 빙빙 돌려가면서 구우면 기름은 계속해서 아래로 떨어져내린다. 넓적한 칼로 익은 양고기의 표면을 얇게 저며내고는 부풀리지 않고 담백하게 구워낸 인도나 아랍식 빵 속에다 잘게 썬 양파며 양배추 등속의 야채와 함께 넣어 드레싱을 치고, 식성에 따라서는 작지만 독하게 매운 칠리가루를 뿌린다.

넓적하고 둥그런 빵이 제법 크고 양고기가 몇 장이나 겹쳐져 있어서, 점심때 거리나 공원 모퉁이에서 한 개만 먹어도 든든한 한끼 식사로 손색이 없다.

추억의 에스프레소 한 잔

우리나라도 도시, 농촌의 구별이 없이 웬만한 대도시에 가면 전국의 지방 요리는 물론 외국의 요리까지도 먹을 수가 있는데 유럽의 대도시야 말할 것도 없다.

지금은 더하겠지만, 장벽이 있어서 독일 안의 섬이었던 서베를린에도 유럽의 오래된 도시답게 유럽 전 지역의 음식을 맛볼 수 있는 레스토랑이 많이 있었다. 이탈리아 식당 하면 우선 그곳에서 회합도 가지고 지령도 내리며 살인도 저지르는 마피아가 떠오르지만, 유럽에서 가장 서민적이고 대중적인 식당이라면 바로 이탈리아 식당들이다. 이를테면 유럽 전체는 물론이고 미국과 일본에 이르기까지 도시

번화가는 물론 벽지에도 빠짐없이 있는 것이 이탈리아 식당과 중국 식당이다. 전제 정치가 심했던 나라일수록 요리가 발달했다고 하지만, 일찍이 제국을 이루었던 이탈리아와 중국 요리의 다양성과 지방적 특성은 서로 비슷하기도 하다. 우리가 아직 중국 요리를 다 먹어보지도 못했을 뿐만 아니라 체계적으로 파악할 수도 없는 것과 마찬가지로, 이탈리아 음식들도 관광지에서 먹어본 수준을 넘지 못한다.

음식은 그렇다 치고 르네상스 시대부터 동방 교역으로 이루어진 갖가지 허브와 양념들은 재료와 조리법에 따라 복잡하기가 유럽에서 단연 으뜸이다. 물론 프랑스 요리의 섬세함도 빼놓을 수 없겠지만, 이는 같은 지중해권 문화로서 이탈리아의 그것을 세련화하고 고급화한 것에 지나지 않는다.

내가 베를린에서 살던 동네의 길 건너편에도 제법 맛있는 이탈리아 식당이 있었고, 두 블록을 가면 해물만을 전문으로 하는 이탈리아 식당도 있어서 자주 찾아갔다. 이탈리아는 그전에 혼자서 전국일주를 한 적도 있었으니 약간의 눈치는 채고 있던 셈이었다.

먼저 커피 얘기부터 해보자. 나는 지금도 싱겁고 연해서 멀겋게 끓여낸 밥 탄 숭늉 같은 이른바 '아메리칸 스타일'

의 커피라면 질색이다. 이 땅에 다방이 들어온 뒤에는 인스턴트 커피에 프림과 설탕을 같은 비율로 듬뿍 타주는 커피 일색이더니, 언젠가부터 소위 '원두커피'는 미국식 멀건 커피의 대명사가 되고 이제는 호텔에서 시골 역전에 이르기까지 전국이 '아메리칸'으로 획일화되어버렸다. 그 멀건 물에 각설탕까지 넣으면 아예 마시기를 포기해야 할 정도가 된다.

오래전에 일본에 갔을 때에 자기네식의 외래어를 만들어내는 명수인 그들은 보편적 커피를 '홋토'(핫커피)라고 하고, 이 멀건 미국식 커피를 줄여서 '아메리캉'이라고 부르고 있었다. 유럽의 커피는 적당하게 진한 커피다. 거기다 생크림이나 우유를 약간 넣어 마시기도 하고 그냥 블랙이나 각설탕 한두 개를 넣어 마신다.

이를테면 프랑스 사람들이 아침에 버터 바른 바게트와 같이 먹는 카페오레는 뜨겁게 끓인 우유를 커피에 타서 국처럼 큰 사발에 담아 두 손바닥으로 감싸쥐고 마신다. 비엔나 커피라는 것은 생크림을 넣은 것이고 카푸치노는 거품 낸 우유와 계피 가루를 넣은 것이며 위스키를 넣은 아이리시 커피도 있고 코냑을 탄 커피도 있다.

이탈리아에서 식후에 마시는 커피가 바로 에스프레소인

데 이건 진하다못해 거의 한약 수준이다. 지금은 우리나라 커피전문점 어디에서든 주문할 수 있지만, 당시에 이탈리아의 노천카페에서 커피를 시키니까 당연하게도 에스프레소가 나왔는데 잔이 소주잔만해서 좀 당황했던 기억이 난다. 한 모금 마셔보니 찐득하고 꺼룩한 것이 한약의 진액과도 같았다. 그래서 에스프레소가 나올 때에는 차디찬 냉수 한 잔이 따라나온다. 얼른 단숨에 마시고 냉수를 들이켜라는 소리인지. 어쨌든 간밤의 숙취나 더위에 축 늘어졌던 정신이 번쩍 나기는 한다.

우리가 이탈리아 음식 하면 제일 먼저 떠올리는 것이 피자와 스파게티다. 그러나 이것들은 본격적인 식사를 하기 전에 입맛을 돋우는 음식일 따름이다. 전채는 '안티파스토'라고 하여 햄이나 샐러드 또는 해산물 등이다. 다음으로 스파게티 등속의 라자냐, 피자 등을 먹는 첫번째 접시가 '프리모 피아토'이고, 고기나 생선이 나오는 주요리는 '세콘도 피아토'라고 부른다. 다른 나라에서는 먼저 샐러드를 먹지만 이탈리아에서는 주요리와 곁들여서 먹는데 '콘토르노'라고 한다. 그리고 후식이 나온다. 스파게티 같은 파스타와 후식만으로 식사를 끝내는 것은 마치 반찬만 먹은 셈이므로, 생략한다 할지라도 주요리는 꼭 먹어야 하는 게 그들의 전통 식사법이었으나 요즘은 많이 간소해졌다.

이탈리아는 알프스에 면한 북부 산악 지방에서부터 삼면이 바다로 둘러싸인 반도로서, 온난한 남부 지방과 시칠리아에 이르기까지 열일곱 개 지방으로 구분될 정도로 각 지역이 유별난 특색을 지니고 있다. 이들 지역의 특산물과 조리법에 대한 사전이 나올 정도로 조리법도 복잡다단하다. 그러나 크게 본다면 북부, 중부, 남부의 세 지역으로 그 특성을 간추려볼 수가 있다. 밀라노를 비롯한 북부 요리는 낙농품과 고기류의 요리가 많고 특히 볼로냐 소시지와 치즈는 독일이나 스위스 못지않다. 중부 지역의 피렌체와 로마는 진한 소스와 양념이며 와인이 유명하고, 나폴리를 비롯한 남부는 피자나 파스타, 그리고 올리브와 해물 요리가 대표적이다.

피자와 스파게티 또는 파스타는 그 종류가 수백 가지이며 우리가 아는 것만 해도 수십 가지나 되니 무엇을 들어 따져보기가 어려울 정도다.

스페인의 하몽과 독일의 훈제 햄이 유명하듯이 이탈리아의 파르메산 치즈 산지로도 유명한 파르마의 프로슈토도 멜론과 곁들여 먹는 대표적인 전채 요리다. 샐러드에서 중요한 것이 신선한 올리브기름이라는 것은 스페인 이야기에서도 나왔지만 이탈리아 음식에서도 매우 중요한 식재료다. 또한 지중해 연안 나라들 중 마늘을 가장 많이 사용한다.

치즈도 여러 종류가 있지만 가장 대표적인 것으로 두어 가지가 있는데 우리가 스파게티에 흔히 먹는 파르메산 치즈는 원래 지방을 뺀 우유로 만든 단단한 것을 갈거나 얇게 저며서 쓴다. 모차렐라 치즈는 스파게티, 피자뿐 아니라 주로 전채 요리에 다양하게 쓰인다.

스파게티는 서양 짜장면이라고 농담하지만 이것은 엄연한 사실이다. 마르코 폴로가 중국에서 밀가루 국수를 들여간 것은 틀림없으니까. 이들 국수의 총칭인 파스타도 수백 가지가 되지만 크게 보면 밀가루에 달걀과 올리브기름을 섞은 것과 밀가루만 쓴 것으로 분류할 수가 있다.

소스도 크게 보면 크림과 토마토로 대별할 수가 있다. 월계수잎이나 너트맥은 향신 양념 재료이며, 피자에 꼭 들어가는 오레가노는 토마토와 잘 어울리고, 바질은 파스타나 샐러드 재료가 되고, 로즈메리는 고기 요리나 생선 요리에 두루 쓰이지만 빵에도 넣는다. 파슬리나 타임은 생선과 육류의 냄새를 제거하는 데 쓰인다. 사프란 같은 것은 우리네 치자처럼 이탈리아식 쌀밥인 리소토의 색깔을 내주면서 맵고 얼얼한 맛을 내기도 한다. 그리고 남부의 음식에는 페페로치노라고 부르는 붉은 고추를 양념으로 많이 쓴다.

여기까지 따져보니까 이제야 겨우 이탈리아 음식을 주마간산 격으로나마 몇 가지 맛을 볼 준비가 된 것 같다.

나이든 창부 같은 도시, 베네치아

내가 처음 이탈리아 여행을 했던 출발지는 파리였다. 테제베를 타고 제네바까지 가서 알프스를 넘어 밀라노에 입성하는 길이었다.

밀라노는 유럽의 북쪽과 서쪽으로 통하는 중심에 있기 때문에 들어갈 때나 나갈 때에도 기차를 갈아타기가 편리한 곳이다. 밀라노는 스위스, 오스트리아와 접경 지역인 롬바르디아 지방의 대도시인데, 그래서인지 버터, 치즈 같은 낙농품과 쇠고기, 돼지고기, 가금류 같은 육류 요리가 다양하고, 특히 우리네 입맛에도 맞는 쌀 요리인 리소토로 유명하다. 밀라노의 디자인은 뉴욕이나 파리를 앞서며 거리에는 예쁘고 세련된 아가씨들이 넘쳐난다.

밀라노식 '토르텔리'와 '라비올리'는 말하자면 우리네 만두와 같은 음식이지만 수프처럼 주요리가 나오기 전에 먹는 파스타의 일종이다. 쇠고기나 돼지고기를 다지거나 뭉근하게 오랜 시간 익혀서 크림처럼 만들어 갖은 양념과 파르메산 치즈로 조미하고, 밀가루 반죽을 얇게 밀어서 소를 넣어 뜨거운 육수에 담아 낸다. 먹어보면 영락없는 우리네 만둣국이다.

밀라노의 쌀 수프는 우리 입맛에 맞아서 우연히 먹어보고는 떠날 때 일부러 찾아서 먹었을 정도였다. 셀러리, 당근, 호박, 데쳐서 씨를 뺀 토마토, 감자, 파슬리, 마늘, 돼지고기 삼겹살 등을 잘게 썰어서 준비한다. 팬에 잘게 다진 고기와 양파와 잘게 썬 삼겹살을 넣고 볶다가 바실리코잎과 샐비어잎이며 완두콩이나 강낭콩을 넣고 함께 볶아준다. 냄비에 물을 붓고 위의 것들을 간하여 오랜 시간 감자가 뭉개지도록 끓인다. 국물이 꺼룩해졌을 때 양배추와 쌀을 넣고 좀더 끓여서 파르메산 치즈를 뿌려서 낸다.

쌀로 만드는 음식으로 이탈리아 전국에 걸쳐서 각 지방의 특성을 살린 리소토가 있다. 리소토는 이를테면 쌀죽이나 볶음밥 같은 식이 대부분이다. 수제비나 밀가루 경단 비슷한 뇨키와 리소토는 별 재료 없이도 간단하게 조리해 먹을 수가 있는데, 베를린 시절에 이탈리아 식당에서 아르바이트를 하던 유학생 친구에게서 배운 것이다.

감자를 삶아 으깬 것과 밀가루와 소금, 그리고 버터와 파르메산 치즈가루만 있으면 된다. 원래는 생크림이나 우유도 쓰는 모양이지만 내 방식은 이렇다. 소금 간을 하여 으깬 감자와 밀가루를 섞어 반죽을 해놓는다. 반죽을 조금씩 동그랗게 떼어내어 끓는 물에 떨어뜨려 삶아낸다. 뜨거운 경단(뇨키)에 버터를 넣어 버무리고 그 위에 파르메산 치즈가루를 뿌려서 먹는다.

쌀과 버터, 파르메산 치즈와 달걀만 가지고도 맛있는 초간단 리소토를 만들어 먹을 수가 있다. 쌀을 소금 친 넉넉한 양의 물에 삶듯이 익힌다. 익힌 쌀을 체에 걸러 물을 따라내고 접시에 담아 뜨거운 상태에서 버터와 달걀 노른자를 얹어 파르메산 치즈를 뿌려 살살 섞어서 먹는다.

괴테는 『이탈리아 기행』(박영구 역, 푸른숲, 1998)에서 베네치아의 인상을 이렇게 설명하고 있다.

> 내가 타고 있던 배에 첫번째 곤돌라가 다가왔을 때, 나는 한 20년정도 까맣게 잊고 있었던 어린 시절의 장난감이 생각

났다. 아버지는 이탈리아로 여행을 가셨다가 사오신 아름다운 곤돌라 모형을 간직하고 계셨다. 아버지는 그것을 무척 소중하게 여기셨는데, 언젠가 내가 그것을 가지고 놀아도 된다고 허락하셨을 때 나는 정말 뛸 듯이 기뻤다. 맨 처음 다가온 곤돌라의 그 빛나는 철판 뱃머리와 검은 선체가 모두 오랜 친구처럼 나를 맞이해주었다. 나는 오랫동안 잊고 지냈던 소년 시절의 인상 깊었던 순간을 다시 한번 만끽했다. (…)

안내자도 없이 동서남북의 방위만을 확인하면서 도시의 미로 속으로 들어갔다. 도시는 크고 작은 운하들이 이리저리 교차되고 있지만 그 위로는 또 크고 작은 다리들이 연결되어 있었다. 이 도시 전체가 얼마나 좁고 번잡한지는 직접 보지 않고서는 상상하기 힘들다. 골목의 폭은 대개 두 팔을 벌리면 닿을 정도이다. 아주 좁은 곳에서는 두 팔을 옆구리에 대고 있으면 팔꿈치가 닿는다. 물론 가끔 가다 좀 넓은 길도 있고 여기저기 작은 광장도 있기는 하지만 비교적 모든 곳이 좁다고 할 수 있다.

이백여 년이 훨씬 지난 오래전의 묘사였지만 지금도 베네치아는 그때와 거의 변함이 없다. 내가 묵었던 운하 옆의 펜시오네 뒤편은 이곳의 택시인 곤돌라가 모이는 정류장이었는데 밤늦게까지 사공들이 떠드는 소리와 높다란 테너의 노랫소리로 조용할 때가 없었다. 괴테도 그들의 경박한 소음을 불평하면서도 나중에는 나처럼 유쾌한 기분으로 바뀌면서 이탈리아의 대중과 친밀해진다.

여러 개의 섬으로 나뉘었지만 다리와 운하로 모두 연결된 베네치아의 중심지는 산마르코 광장이다. 모든 길은 로마가 아니라 베네치아에서는 산마르코 성당이 있는 광장으로 통한다. 베네치아의 뒷골목에는 크고 작은 여러 식당이 있지만 특히 중심가인 광장 뒤편의 아름다운 소상점들이 있는 골목길 사이사이에 맛있는 식당들이 숨어 있다. 도시의 버스 격인 바닥이 평평한 승합 배와 택시인 곤돌라로 연결되지만 누구나 미로 같은 골목과 광장과 다리를 건너 슬슬 걸어서 섬의 맨 끝까지 가볼 수 있다.

내 친구는 베네치아를 짙은 화장을 한 나이든 창부에 비유한 적이 있다. 퇴폐적인 슬픔 같은 것이 느껴진다는 소리인지……. 특히 노을이 비낀 바다와 고색창연한 건물들을 다리 위에서 조망하면서 나는 그 말을 기억해냈다.

육지에 붙어 있긴 하지만 섬이나 마찬가지인 베네치아에서 맛있는 것은 뭐니 뭐니 하여도 생선과 가금류 요리이다. 코스 요리를 보면 리소토나 수프의 재료도 조개, 홍합,

오징어, 새우, 가재, 멸치, 정어리 등속으로 해물이 풍요롭다. 스파게티도 해물로 한 것이 가장 맛있고 주요리도 생선이 으뜸이다. 화이트와인과 더불어 먹기에 좋은 홍합탕과 굴은 나중에 뉴욕에 가서도 찾아서 먹곤 했다. 홍합을 마늘과 올리브기름을 넣고 우리네 뚝배기 같은 질그릇에 끓여서 와인과 소금, 후추를 넣어 양념한다. 굴은 날것 그대로 껍데기를 벌려 잘게 다진 파슬리와 올리브기름과 레몬을 짜서 떨어뜨린 뒤에 먹는다.

나는 지금도 집에서 토마토를 쓰지 않고 싱싱한 낙지나 오징어, 새우, 홍합, 조개 등을 올리브기름으로 볶아서 마늘, 월계수잎, 파슬리로 양념하고 해물 육수와 화이트와인으로 촉촉하게 한 다음에 국수를 넣어 올리브기름과 파르메산 치즈가루로 끝을 낸 스파게티 '마리나라'를 즐겨 만들어 먹는다. 입맛에 따라서는 매콤한 붉은 고추를 썰어서 함께 볶으면 입맛을 돋운다.

단테와 미켈란젤로, 라파엘로 같은 르네상스의 천재들을 낳은 피렌체는 유럽이 아니라 동방 어느 벽지에 숨어 있는 소읍내 같은 느낌이 드는 곳이다. 저녁 무렵에 미켈란젤로 언덕에 올라앉아서, 둥근 돔이 장중한 두오모 성당에서 은은하게 울려퍼지는 종소리를 들었을 때는 마치 중세로 돌아간 느낌이었다. 공기와 바람 자체가 평화였다. 붉은 노을이 사라지고 어두워질 때까지 언덕 위에 앉아 있었다. 나중에 로마에서 옛 폐허인 포로 로마노에 갔을 때에는 오히려 피냄새가 났지만.

빵 수프 '리볼리타'는 피렌체의 유명한 음식이다. 토스카나 지방은 원래가 버섯과 육류의 꼬치구이 요리를 알아준다. 야채는 양배추나 셀러리, 당근, 감자도 쓰고 양파, 토마토, 콩을 쓰기도 하는데 육수 재료로는 양고기, 돼지뼈, 소내장을 쓰기도 한다. 향신료와 양념은 마늘, 파슬리, 박하, 로즈메리, 올리브기름, 후추 등속을 쓴다.

재료에 따라 이름이 달라지지만 빵 수프 종류는 위의 재료를 볶거나 끓여서 육수를 내어 수프 냄비 바닥에 빵을 담고 국물을 부어 뭉근하게 끓이는 것이 공통점이다.

마늘과 소금, 후추로 양념하여 올리브기름이나 로즈메리로 맛을 낸 고기를 꼬치에 꿰어 돌려가며 굽는 요리도 있는데, 역시 재료에 따라 양고기, 돼지고기, 메추리나 티티새, 참새 같은 작은 새를 굽기도 한다.

카프카의 음울한 눈이 생각나는 밤에

로마에 내린 것은 초저녁이었는데 나는 어느 결에 서울역에 내린 것 같은 느낌을 받았다. 그것도 십여 년 전의 잡다한 활기가 느껴지던 서울역이나 영등포역 말이다.

우선 개찰구를 나오자마자 인파를 거슬러올라오는 청소년과 아주머니 한 무리와 어깨를 부딪치게 된다. 그들은 맞춤한 상대와 눈을 맞추며 말을 걸어온다. 펜시오네, 즉 여관 가자는 얘기고 체인지 달러는 달러 바꾸자는 소리다. 구내의 이곳저곳에서는 한 젊은이가 길을 떠나고 온 가족이 배웅을 나와서 떠들썩하다. 양친 부모는 물론이요, 조부모에 어린아이들까지 총동원되었다.

로마는 도시 전체가 관광지인 셈이고 할리우드 영화의 세트장으로 활용된 적이 많아서 낯익은 곳이기도 하다. 미국과 일본 관광객이 일 년 내내 끊이지 않는다. 그래서 미국인과 아시아인들을 노리는 치기배나 사기꾼들이 많기로도 유명해서, 누가 이탈리아 여행을 간다면 너나없이 조심하라고 충고를 하면서 이탈리아 도둑들의 갖가지 수법을 전수해주기도 한다.

내가 콜로세움으로 가는 버스 안에서 만난 소매치기들은 한국에서도 흔히 보던 가족형의 치기배들이었다. 우리말로는 '회사'라고도 하는데, 사장이 있고 일꾼과 망보기와 바람잡이 등이 모두 한 팀이다.

내가 내릴 정류장을 놓치지 않으려고 버스 손잡이를 붙잡고 차창 밖으로 지나가는 거리를 살피는데, 무심코 옆을 넘겨다보니 일꾼이 한창 앞사람의 가방 지퍼를 열고 뒤지는 참이었다. 옆에 섰던 다른 사내가 나와 시선이 마주치자 애교 있게 눈을 끔쩍해 보이고는 신문지로 슬그머니 내 얼굴을 가렸다. 그들이 노리는 것은 어린 남매를 데리고 나선 미국인 관광객 부부였다. 나는 그들이 회사원들이라는 걸 대번에 눈치챘다. 바람잡이가 내게 영어로 물었다.

"너 어디 가니?"

"콜로세움에 간다."

"아, 그래? 바로 다음 정거장이 그곳이야."

나는 그에게 고맙다고 대꾸하고 얼른 내렸는데 살펴보니 두 정거장쯤 먼저 내린 셈이었다.

워낙에 내 행색이 초라해서 그랬는지 아니면 인상이 자신들과 다름없어서 그랬는지 나는 이탈리아에서 한 번도 치기배나 도둑이 찍자를 붙는 일을 당한 적이 없다. 친구들은 그래서 내가 그 고장에 맞는 모양이라고 농담을 했다. 자기네 친구들은 건드리지 않으니 그 녀석들 의리 있다고 우스갯소리도 했다.

리영희 교수 부부를 파리에서 만났는데 그분들도 이탈리아 여행을 떠나기 전에 하도 주의를 많이 들어서 잔뜩 긴장을 했더란다. 몇 번이나 자질구레한 고비를 넘기고, 그래도 크게 당하지는 않고서 무사히 이탈리아를 떠나는 기차를 탔다. 귀중품이 들어 있던 손가방은 리선생이 몸소 지니기로 했다. 먼저 가죽줄을 목에 걸고 그 줄을 양손으로 꼭 쥐고는 가방을 무릎에 올려놓은 채로 안쪽 자리에 앉았다. 두 양주가 이렇게 긴장을 늦추지 않고 있다가 국경을 넘어서자 아, 이젠 살았다 하고는 그만 잠이 설핏 들어버렸다. 얼마나 잤을까, 눈을 떠보니 기차는 여전히 남프랑스 해변을 달리고 있는데 가방이 온데간데가 없었다. 두 손에는 꼭 쥔 가죽줄만 달랑 남아 있었다. 누군가 감쪽같이 줄을 끊고 가방만 가져간 것이다. 리교수의 말씀이 걸작이었다.

"국경을 넘었어도 그 기차는 여전히 이탈리아 기차라는 사실을 잊었지 뭔가."

로마의 식당은 관광객이 몰리는 곳보다는 현지 사람들이 외식을 나오는 곳을 찾아가는 게 훨씬 싸고 맛있는 로마식 음식을 먹을 수 있는 방법이다. 먼저 전채로 파스타 한 접시를 먹는다. 로마의 명물이 카르보나라 파스타니까 그걸 시킨다. 카르보나라 스파게티는 돼지 목살 고기와 달걀로 조리한다. 돼지기름에 목살을 마늘과 더불어 볶고 잘 저은 달걀을 섞어서 검은후추와 파르메산 치즈가루를 뿌려 넣으면 소스가 준비된다. 삶은 스파게티를 이들과 버무리기만 하면 된다.

입가심으로 안초비 샐러드를 먹어본다. 양파를 얇게 초승달 모양으로 썰고 우리네 멸치젓 같은 안초비를 다져 넣어서 소금, 후추, 식초를 넣고 버무려 고소한 올리브유로 마무리한다. 주요리로는 양고기를 먹어보자. 양고기를 마늘과 함께 소금, 후추를 쳐서 볶는다. 로즈메리잎과 안초비

두어 마리, 마늘을 함께 찧고는 레몬즙을 적당히 짜 넣은 소스를 준비된 양고기 위에 뿌린다.

여기에다 해산물이 풍부한 나폴리와 시칠리아 요리 얘기까지 가면 이건 숫제 유럽에는 이탈리아 요리밖에 없는 것처럼 생각될지도 모르겠다.

파리에서 먹은 거위 간이나 생굴, 캐비아 등속의 전채는 독특하고, 돼지가 찾아낸다는 송로버섯이나 달팽이 요리도 그 소스의 풍미가 일품이다. 양파 수프와 콩소메, 그리고 어패류를 끓인 부야베스도 맛이 좋다. 양고기 필레나 와인으로 양념한 오리와 거위, 그리고 후식의 각종 과일 셔벗이 또한 인상적이다. 앞에서도 나왔지만 어느 나라나 대도시에는 국제적인 여러 나라의 음식들이 모여 있게 마련인데 파리의 경우 아랍과 북아프리카 음식이며 베트남을 중심으로 한 동남아 요리도 맛있는 것이 많다.

특히 생각나는 것이 북아프리카의 쿠스쿠스라는 음식이다. 쿠스쿠스를 먹으면서 나는 그게 좁쌀밥인 줄 알고 있었는데 덜 갈린 통밀의 단단한 부분이라고 한다. 양파, 버섯, 옥수수, 완두콩 등을 볶아서 닭 육수에 조리한 쿠스쿠스를 소금, 후추, 마늘로 양념하여 버무린 음식인데 꼬치구이 양고기와 곁들여 먹는다. 아랍, 아프리카권뿐만 아니라 케밥처럼 터키를 비롯한 회교권 사람들이 모두 즐겨 먹는다.

파리 외곽으로 나가면 몇 군데의 차이나타운이 형성되어 있는데 여기서 베트남 쌀국수와 양념한 돼지갈비를 먹을 수가 있다. 나는 이제껏 그렇게 맛있는 돼지갈비를 먹어보지 못했다.

그뿐이랴. 체코가 변하고 나서 어두운 프라하 역에서 내려 요기할 곳을 찾다가 우연히 작은 술집에서 빵과 먹던 뜨거운 수프 생각이 난다. 더구나 밖에는 겨울비가 축축이 내리고 카프카의 음울하게 큰 눈이 생각나는 그런 밤이었다. 굴라시 수프가 그것이다. 원래는 헝가리 음식이지만 겨울철에는 서유럽의 모든 도시에서 러시안 수프와 함께 인기가 있다. 소의 뼈를 오래 우려내어 양파, 월계수잎, 마늘로 맛을 내고 고기, 감자, 당근, 셀러리, 파프리카와 토마토를 넣어 걸쭉하고 뭉근하게 끓인 국이다.

그러니까 다시 베를린의 장벽 너머 동독 쪽 알렉산더 광장 건너편에 있던 오래된 러시안 레스토랑이 생각난다. 보르시치 수프는 뉴욕에서도 싸고 맛있는 유명한 집이 있었는데, 속풀이 서양 해장국으로는 으뜸이다. 따뜻한 수프 위에 스메타나라는 사워크림을 살짝 얹어주는 게 특징이다.

그리스 식당 파르테논의 양고기, 생선, 양파 등 야채의 꼬치구이인 수블라키, 또는 감자와 돼지고기와 가지를 구운 무사카, 고기와 야채로 터키식의 얇게 구운 빵 속을 채운 기로스가 생각난다. 뉴욕에서 기로스를 주문했더니 웨이디가 구태여 자이로스라고 고쳐 말하던 것도 생각이 나고.

우리네 소주 같은 우조를 마시다가 고기는 싫고 속이 굴풋하면 입가심을 위해서 딥을 바른 마른 빵을 먹는다.

나는 요즈음도 손쉽게 만들어 먹곤 하는데, 요플레를 사다가 오이를 거칠게 갈아 넣고 다진 마늘, 파슬리, 올리브 기름을 섞고는 소금과 후추로 간을 해서 프라이팬에 잠깐 구워낸 바게트에다 발라먹는다.

5 밥도둑, 토박이 음식

여운이 내게 뜬금없이 돈 오만 원을 내밀었다. 광주에서 대학을 다녔는데 학생 시절에 내 독자였다는 그 아낙이, 마음 같아서는 선생님을 모시고 집에 가서 밥이라도 한끼 대접해드리고 싶지만 여정이 바쁘신 것 같으니 그 돈으로 식사라도 하시라며 쥐여주었다는 것이다.

주문진에서
막을 내린 청춘 시대

음식이나 풍속과 말씨에는 오래전부터 동한, 서한의 구분이 있어 강원도·경상도와 충청도·전라도가 한데 묶인다. 같은 생선탕도 서해의 조기매운탕과 동해의 생태매운탕은 그 맛이 전혀 다르다.

내가 강원도 출입을 시작한 것은 고등학교 일학년 때부터였는데, 첫 학기에 등산반에 들어갔기 때문이다. 당시의 고등학교 등산반은 그냥 산에만 오르내리는 게 아니라 아예 처음부터 선배들이 암벽타기 훈련을 시켰다. 기초는 대개 인왕산에서 슬로프 코스와 침니를 익히고, 북한산으로 가서 인수봉의 두 코스를 마치고 틈틈이 오봉과 우이암에서 세밀한 기술을 익힌다. 그래서 바위에 자신이 붙으면 도봉산의 선인봉 남쪽 측면 십자로와 전면을 타고, 주봉의 그 유명한 티 자 침니를 기어오른다. 그러고는 여름방학이면 벌써 설악산으로 가는 것이다. 겨울에는 다시 빙벽 훈련을 하러 내설악을 찾아가고, 지경을 넓혀 오대산까지도 찾아갔다. 고등학교 때에 알고 지내던 어린 록클라이머들 중에 조난으로 죽은 친구들도 있었지만 나중에 유명한 산악인이나 등산 지도자로 성장한 이도 있다.

내가 고교를 자퇴하고 집을 나가서 방랑했던 얘기는 뒤에 하겠지만 하여튼 산에 다니면서 나는, 당시 일제에서 해방되었어도 그 전체주의 교육의 잔재였던 규율과 획일화가 그대로 남아 있던 학교 감옥에서 놓여나는 기분이 들었다. 감수성이 예민하던 시절에 벌써 나는 학교와 집과 동네의 울타리를 벗어나는 체험을 원격지 등반을 통하여 익혔던 셈이다.

훨씬 뒤에 아직은 이십대 초반이었지만 아직도 수염이 뻣뻣하지는 못했을 적인데, 그때도 나는 러시아 문학을 전공한다는 어느 친구와 함께 강원도를 돌아다녔다. 나도 가난했지만 그 친구도 남의 가정교사로 겨우 용돈벌이를 하던 중이었다. 그에게는 사랑하던 여자가 있었건만 심중을 털어놓지는 못했던 모양이다.

그의 집이 왕십리에 있었는데 우리는 막걸리 한 주전자를 놓고 어느 선술집에 앉아 있었다. 그는 술이 거나하게 오르자 점점 우울한 얼굴로 변해갔다. 이해가 되는 것이 그는 영장을 받아놓고 있던 터였다. 미룰 수도 있건만 집안 형편도 좋지 않으니 얼른 나가서 때우고 와야 할 텐데 그녀가 마음에 걸린다는 얘기였다.

그는 도스토옙스키의 『죄와 벌』에 나오는 라스콜니코프처럼 창백하고 마른 인상은 아니었지만, 러시아 소설에나 나옴직한 깃 넓고 치렁치렁한, 검게 물들인 군용 오버코트를 겨우내 걸치고 다녔다. 때는 마침 늦은 봄이라 불행하게도 분위기 있던 그 외투를 벗어버리고 역시 검게 물들인 미군 쫄쫄이 작업복 차림이어서 볼품은 없었다. 그가 갑자기 강릉엘 가자고 했다.

거리는 이미 어두워졌고 봄비가 제법 세차게 내리고 있었다. 청량리역은 선술집에 앉아서도 기적 소리가 들려올 만큼 가까운 거리에 있었다. 우리는 비를 맞으면서 역까지 걸었다. 거의 통금 시간이 다 되어 출발하는 강릉 가는 완행열차가 있었다.

처음에는 소주에 마른오징어를 씹다가, 서로 기대어 자

다보니 날이 밝으면서 영주, 태백을 지나서 삼척에 당도하였다. 거기서부터 철도는 바닷가를 향해 달린다. 바로 철로 아래 흰 포말이 이는 파도와 짧은 백사장이 보이고, 저 근사한 해변 묘지가 천천히 지나간다. 해송이 구부리고 서 있는 숲 위로 백로떼가 날아 앉는다. 벌써 짭조름한 바다 비린내가 풍겨온다.

우리는 항구에 도착했다. 정박해 있는 배는 마치 잠시 후에는 모든 것을 훌훌 털고 먼바다로 떠나버릴 자유의 상징처럼 보이기도 했다.

그가 전화를 걸었다. 그녀는 주문진에서 소학교 선생님으로 있다고 했다. 사범학교를 나와 부임했다니 겨우 우리네와 동갑내기거나 아래일 것이 분명했다. 소녀였지만 그녀는 하여튼 선생님인 것이다. 퇴근 때까지 기다려야 하기에 우리는 강릉으로 되돌아나가서 하루종일 서성거렸다. 그때에는 해수욕장이라곤 경포대 정도밖에 없었고 요즈음처럼 시도 때도 없이 바다를 보러 오는 사람도 드물어서 봄철의 바닷가는 거의 인적이 없었다. 그가 주문진으로 그녀를 만나러 가기 전에 우리는 선창가 언저리를 돌아다니다가, 뱃사람들이나 가끔씩 들를 것 같은 구석진 모퉁이의 작은 선술집을 발견하고 들어가 앉았다.

거기서 술국과 끼니 대신 먹어본 것이 '옹심이수제비'였다. 팥죽에 넣는 찹쌀 경단이나 조랑떡국의 동그랗게 뭉친 떡보다는 약간 크고 투박하게 뭉친 알심이 들어 있었다. 감자전 지질 때처럼 감자를 강판에 갈아 녹말을 내려서 건더기와 함께 반죽하여 수제비 끓일 때처럼 멸치 다시에 호박이며 양파며 풋고추 등속을 넣고 그저 설설 끓여낸 것인데 시원하고 얼큰하고 든든했다. 그때 처음 본 오징어순대도 신기했지만 이건 나중에는 흔한 음식이 되어버렸다.

그냥 시장 모퉁이 아무데서나 해장국으로 끓여주는 '곰치국'은 충청도 서해안 지방의 '물텀벵이탕'과 비슷했다. 해안가에서 사는 메기 비슷하게 생긴 놈인데, 살과 뼈가 흐물거리고 무를 함께 넣고 오래 우려낸 국물맛이 비리거나 기름지지 않고 맑았다.

나는 선창이 멀리 내다보이는 일본식 이층의 여인숙에 방을 정하고 주문진으로 그녀를 만나러 간 친구를 기다렸다. 그는 통금이 되어서도 돌아오지 않더니 한시가 넘어서야 술에 만취해서 방문을 벌컥 열었다. 그는 아무 말 없이 그 무렵에 젊은 여자들 사이에 대유행이던 흰색 하이힐을 비좁은 방 가운데로 던졌다. 나는 이불 위에 떨어진 여자 구두를 내려다보았다. 잠이 번쩍 깨는 느낌이었다. 엽기적인 생각과 함께 그가 성공을 했을지도 모른다는 부러움이 동시에 지나갔다. 그렇지만 그는 사건의 전말을 절대로 얘기하지 않았고, 취해서 시뻘건 눈으로 자기 청춘의 시대가 이것으로 막을 내렸노라고 중얼거렸다. 그는 한 달 뒤에 군대에 갔고 몇 년 후에야 제대한 그에게서 그날 밤의 이야기를 들었다.

그가 여선생님을 만나서 다방에 앉아 청혼을 했다고, 그녀는 어리둥절하니 놀라서 말을 못 하더라는 것, 마침 휘영청 달이 밝은데 그가 여선생을 하숙집까지 바래다주겠다고 했고, 걷다가 이제는 마지막이니 표적이라도 남기겠다며 그가 입을 맞추려고 덤볐다는 것, 바로 길옆에는 바람에 휘청대는 보리밭이 있었고, 장소는 맞춤했지만 술 취한 그보다 그녀가 힘이 더 세었다고, 그쪽에서 떠미는 바람에 넘어졌고, 넘어져서도 두 다리를 잡았다는 것, 그래서 그녀는 신데렐라처럼 구두만 남겼다고 한다.

어쩌다가 동해안에 가게 되면 음식들은 모두 관광 일색이 되어 온통 생선회 천지가 되었지만 '옹심이수제비'나 '곰치해장국'을 찾으려면 선창 이곳저곳을 기웃거리며 헤매 다녀야 한다.

불목하니로
절밥 신세 지다

내가 절집과 인연을 맺게 된 것은 열아홉 살 무렵이었다. 어느 잡지의 신인상을 받고 나서 오랜 숙원이던 고등학교 자퇴와 가출을 동시에 해냈다. 나중에 대학에 가서 한일회담 반대 투쟁이 한창이던 때에 유치장에서 만난 부랑 노동자와 간석지 공사장엘 찾아갔던 것으로 본격적인 방랑은 시작되었지만.

하여튼 첫 가출은 거의 한 해가 걸렸다. 동행이 있었는데 처음에는 무전여행 비슷한 출발이었고, 그렇게 오랫동안 기차를 타고 국토를 누벼본 적이 없었다. 내가 바다를 처음 본 것은 중학교 삼학년 무렵이었는데, 부둣가에 서자마자 배를 타고 어딘가 먼 곳으로 떠나겠다는 강렬한 소망에 들떴었다.

동행과 청주, 대구, 마산을 거쳐서 진주 어름의 농가에서 보리베기를 하며 밥을 얻어먹다가, 중국집에서—그때는 철가방이 아니라 나무로 만든 상자로 배달을 했는데—짜장면도 배달하다가, 빵공장에서 빵 목판을 나르는 일도 했다. 청주에서는 아이스케키집에서 합숙을 하면서 얼음통을 메고 거리로 나가 팔기도 했다.

한번은 칠북이라는 작은 면에 갔다가 야산에 자리잡은 자그마한 절집에 불목하니로 들어앉게 되었다. 우연히 주지 스님과 이야기를 하다가 나도 모르게 입산하겠다는 말이 나와버렸던 것이다. 스님은 거의 달포 가까이 나를 절에 두고 관찰해본 다음에 일봉서신과 함께 부산으로 보내주었다.

내가 절에서 난생처음 먹어본 음식이라면 쑥을 넣어 지은 밥과 엉겅퀴로 끓인 된장국이다. 쑥밥은 콩나물밥이나 무밥처럼 그냥 산야에 널린 쑥을 뜯어다가 넣고 지은 밥에 양념장을 쳐서 비벼 먹는다. 엉겅퀴국도 역시 들판에 지천인 엉겅퀴를 캐다가 냉잇국처럼 된장과 들깨가루를 넣고 한소끔 끓일 뿐인데, 입안에 싱싱한 풀 향기가 가득찬다.

푸른 물이 든 쑥밥의 은은한 향내도 입맛을 돋운다.

내가 끝내 맛을 들일 수 없었던 것은 '산초'라는 이상야릇한 향내가 나는 열매를 가지째로 간장에 담근 장아찌였다. 알알이 씹히는 열매가 입속에서 톡톡 으깨지면서 독특한 향내를 진동시킨다. 나중에야 이 열매나 잎을 가루로 내어 추어탕에 넣어 먹던 것이 생각났다.

보살 할머니가 정성을 들여서 가죽잎을 말리던 것도 생각난다. 너푼너푼한 가죽나뭇잎을 따서 땡볕에 바짝 말린 다음에 찹쌀로 풀을 쑤어 마른 나뭇잎에다 정성껏 바른다. 앞뒤에 찹쌀풀을 발라서 채반에 널어놓고 다시 말린다. 이것을 저장해두고 먹을 때에 기름에 튀겨낸다. 마치 튀긴 미역이나 다시마처럼 아삭거리고 고소하다.

스님은 나를 동래 범어사에 있는 그의 도반이던 고광덕 스님에게 보냈다. 광덕 스님은 나중에 대학생불교연합의 지도 법사를 거쳐서 『불광』이라는 잡지도 만들던 분이다. 그는 당시에 범어사의 원주를 지내고 있었으며, 조실은 저 유명한 하동산 스님이었다. 편지를 찬찬히 읽어보고 나서 그는 나를 동산 스님에게로 데려갔다. 어린아이처럼 곱게 늙은 노스님이 나를 힐끗 보고 나서 한마디했다.

"이 집에 있으면 얼마나 있을라고 그러는고……?"

나는 아무 대답도 하지 못하고 그냥 묵묵히 앉았을 뿐이었다. 절하고 나오기 전에 한말씀 올렸다.

"갈 데가 없으면 쭉 있을랍니다."

그것이 아마 면접이었던지 광덕은 나를 말없이 재우고 나서 이튿날 범어사를 방문한 스님에게 딸려 보냈다. 그것은 아마도 울산 거의 다 가서 후미진 바닷가에 있는 작은 암자였을 것이다. 바로 지척에서 바위를 때리는 세찬 파도 소리에 귀가 먹먹할 지경이었다. 나를 데려간 스님은 불을 때라, 밥을 해라 시키더니 밥 한 사발씩에 고구마순 나물과 시어터진 김치에 국 한 가지로 저녁을 먹고 나서 건너가 자란다. 단칸 오막살이인 줄 알았더니 부처님 모셔놓은 법당 마루를 지나자 왼편에 길쭉하고 비좁은 변소 같은 토방이 하나 딸려 있었다.

방은 그대로 흙바닥에 오래되어 거스러미가 지저분하게 일어난 멍석 한 장이 깔렸다. 파도 소리에 잠을 못 이루고 눈을 붙이는 둥 마는 둥 하고 있는데 문이 벌컥 열리면서 호통 소리가 들렸다. 부처님에게 귀의하겠다는 놈이 예불 시간도 모르고 처잔다고 그 꼭두새벽에 나가라는 소리였다. 털털거리는 시외버스를 타고 하루종일 달려와서 걷고 또 걸어서 당도한 곳이니 어디가 어딘지 알 수가 없었지만,

쫓아내니 가방을 달랑 들고 길을 찾아 나오는 수밖에 별도리가 없었다. 걷다가 타다가 하며 겨우 제자리로 돌아와보니 이미 끼니때가 넘은 저녁 무렵이었다. 가방을 들고 산문에 들어서니 누구 하나 알은체하는 이가 없었다.

마침 요사채 툇마루에 얼굴 아는 동승이 앉아 있었다. 내가 범어사를 찾아올 제 버스에서 내려 십여 리 길을 함께 걸어오며 이야기를 나눈 아이였다. 나이는 한 열대여섯쯤 되었을까, 살결이 희고 코가 오뚝하며 눈이 맑은 미소년이었다. 지금쯤 한소식하고 큰스님이 되어 있을지. 내가 마루에 가서 털썩 주저앉으니 그는 내가 멀리까지 다녀온 것을 몰랐던 모양이었다. 내 얘기를 듣고는 동승이 빙긋이 웃었다.

"문을 세 개쯤 지나야 입산이 되어요."

나는 그 말을 이해했다. 그가 나에게 왜 스님이 되려느냐고 물었다. 나는 표를 내는 건 어려서부터 질색이었으므로 이렇게 답했다.

"어디 가 밥 먹을 데가 없어서 여기나 들어오려구 해요."

며칠 전 그곳에서 처음 자려고 할 적에 행자가 하나 들어오더니 제법 능숙한 자세로 합장하고 나서 내게 자아를 찾으려고 왔느냐는 둥 소크라테스 같은 폼을 잡기에, 집이 없어서 찾아왔을 뿐이라고 대답했는데 동승도 그 말을 기억하고 있었다.

"내일은 집에 갈지도 몰라요."

그렇지만 이런 식으로 뺑뺑이를 돌리는 시험은 몇 번 더 계속되었고 나는 정말 세상에서 아무데도 갈 곳이 없는 놈이 되어버렸다. 그러고는 마지막으로 정처를 정해주었는데, 거기가 참선 공부의 산실인 해운대 금강원이었다.

하루 세 끼를 먹는 공양 의식에 참례하기 시작했다. 스님들은 모두 목기로 만든 자신의 발우를 보자기에 싸서 대중방 선반에 올려두고 있었는데, 공양 때에는 그것들을 펼쳐두고 모두 벽을 등지고 늘어앉는다. 제일 먼저 물을 받아 그릇을 씻고 밥과 국과 찬을 자기 먹을 만큼만 덜어내어 각자의 목기에 담아 공양한다. 국은 언제나 채소된장국이고 찬은 나물 두 가지에 김치다. 행사가 있거나 특별한 날에는 기름기 있는 전붙이나 튀김도 나온다. 식사를 끝내면 남은 음식물을 모두 제 뱃속으로 버린 다음에 물을 받아서 남겨둔 김치 쪽을 젓가락으로 집어서 밥풀이며 음식 찌꺼기들을 말끔히 닦아내고 그 물을 마신다. 그리고 다시 맑은 물을 받아 헹구고 또 마신 다음에 마른 수건으로 물기를 깨끗이 닦아서 보자기에 싼다.

나는 머리를 깎고 계를 받기 전까지 겉모양은 스님과 같지만 아직은 연습중인 행자가 되었다. 내가 맡은 일은 주로 절집 안팎의 청소와 허드렛일이었다. 아침저녁으로 마당과 앞뒤뜰을 쓸고 법당에서 선원에 이르기까지 비질, 걸레질을 하는 일은 보통 힘든 게 아니었다.

스님들도 빨래는 각자가 알아서 했지만 각 방에 큰스님들 밥상을 나른다거나 잔심부름하는 일도 만만치 않았다. 부엌에 들어가 밥과 반찬을 만드는 일은커녕 불을 때는 일조차 내게는 차례가 오지 않았다.

경상도
음식 순례

공양 법회에 참례하지 않고 부엌에 딸린 찬방에서 보살님들과 밥을 먹으면 더욱 격식 없이 이것저것 해먹을 수가 있어서 좋았다. 두부를 만들 때에도 삶은 콩을 맷돌에 가는 일을 도우면 따로 순두부찌개를 해먹었고, 독상을 받는 큰스님들 밥상을 준비할 제도 갖가지 특식을 얻어먹곤 했다.

내가 특히 맛있다고 기억하는 건 여러 가지 푸성귀로 싸 먹는 쌈밥들이다. 상추쌈이야 늘 먹던 것이니까 말할 것도 없고, 너푼너푼하게 잘 자란 곰취잎에 된장쌈을 해서 먹는 맛은 그 싱그러움이며 쌉쌀한 뒷맛이 그만이다. 나중에 백두산엘 갔다가 양념장을 쳐서 싸먹던 야생 곰취의 맛은 잊을 수가 없다. 아예 밥을 참기름, 깨소금과 잘 버무려서 한 입만큼의 주먹밥을 만들어, 살짝 데친 곰취잎으로 싸서 김밥처럼 한 덩이씩 먹는 맛도 좋다.

도토리나뭇잎을 데쳐서 싸먹기도 하고 깻잎을 쑥갓과 함께 고추장 넣어 싸먹기도 한다. 생다시마를 데쳐서 향그런 쑥갓과 더불어 싸먹는다. 뒤란의 호박잎을 따다가 껍질을 대충 벗기고 찜통에 살짝 쪄서 풀기만 죽여, 마늘을 얇게 썰어 곁들여서 막된장을 넣어 싸먹는다. 배추나 양배추쌈은 여름날 집에서도 흔히 해먹던 것이고, 특이한 것으로 고구맛잎도 끓는 물에 데쳐내어 쌈밥을 해먹을 수 있다. 조금 쓴맛이지만 머윗잎도 먹을 만하다. 마찬가지로 잎을 데쳐내는데, 쌈장과 함께 풋고추 숭덩숭덩 썰어낸 것과 곁들여 싸먹으면 씹쌀하고 매운맛이 잘 어우러진다. 근대는 적당히 자란 것은 나물이나 국을 끓여먹지만 웃자란 잎들은 역시 끓는 물에 슬쩍 데쳐서 싸먹어도 좋다. 아욱도 마찬가지다.

하루는 큰스님의 심부름으로 오래간만에 부산 시내에 나갔다. 신부님이나 스님들이 대개 어슷비슷하고 아마 군인들도 마찬가지일 테지만, 외출 나와서 세상과 만나는 방법에는 두 가지가 있다. 하나는 영화 구경을 하는 일이고,

짜장면을 사먹는 일이 그 두번째다. 호주머니가 가벼운 탓도 있겠지만 아무도 동행한 사람이 없이 혼자라, 그 두 가지 일 외에는 별로 할 일도 없는 셈이다.

내 기억으로는 당시 〈오케스트라의 소녀〉라는 흑백영화가 상영되었는데, 늙어서 일자리를 잃은 노인 악사들로 교향악단을 꾸린 소녀가, 실제 인물로 출연하는 스토콥스키를 찾아가 지휘를 부탁하고 드디어 화려하게 데뷔한다는 내용이었다. 영화를 보고 눈부신 극장 앞 광장으로 몰려나오는데 인파 속에서 내 얼굴을 아는 이를 만났다. 큰매부의 가까운 친구 되는 이였다. 그는 내 승복 차림을 보더니 놀라서 손을 잡으며 물었다. 너 어느 절에 있느냐, 느이 어머니가 지금 눈물로 세월을 보내신다, 집으로 돌아가야 하지 않겠느냐, 한꺼번에 물어대는 것이었다. 나는 부산 근방에 있다고 겨우 둘러대고는 달아나듯이 그이와 헤어졌다.

그런 일이 있은 뒤 한 보름쯤 되었을까. 그날도 아침을 먹은 뒤에 법당에서 걸레질을 하고 있는데 한 스님이 나를 불렀다. 누가 나를 찾아왔다는 것이다.

산문을 나서고 오솔길을 지나 절집 어귀에 상가가 늘어선 곳까지 나가보았다. 바로 앞쪽에 기념품 상가가 있었는데 그 앞에서 이쪽을 향해 서 있는 여자가 보였다. 멀리서도 어디선가 많이 본 듯한 사람이라 여기고 가까이 다가가는데 자세히 보니 모친이었다. 어머니는 대뜸 내 손을 잡고 눈물바람이었다.

그렇게 산문을 나선 그길로 어머니를 따라 집으로 돌아오게 되었다. 부산 국제시장에 들러서 사복과 모자 하나를 산 후 승복을 벗어버리고 옷을 갈아입었다. 부산역 앞에서 거의 일 년 만에 불고기백반을 먹었는데 맛이 있다기보다는 누린내 같은 고기 냄새가 역하게 느껴졌다. 아마도 그동안 먹은 풀과 푸성귀로 미각이 바뀐 모양이었다.

나중에 들었지만 어머니는 매부 친구로부터 승려가 된 나를 부산에서 보았다는 말을 듣고, 부산에 당장 내려와 어느 곳에 무슨 절이 있는지 수소문하여 한 군데씩 찾아다녔다고 했다. 드디어 범어사에서 광덕 스님을 만나게 된 어머니가 아들을 만나게 해달라고 사정하자, 그이가 냉정하게 거절하더란다.

"이미 출가한 사람이라 아무리 모친이라 하여도 만날 수 없습니다."

"저는 홀어미이고 아들이라고는 그것만 믿고 살아왔습니다. 비록 제가 기독교인이지만 예수님이나 부처님이나 가엾은 일에 대해서는 다 같겠지요. 제 아들을 돌려주십시오."

어머니가 그렇게 울며불며 사정을 하니 광덕 스님은 한참이나 묵묵히 앉았다가 제안을 하더라는 것이다.

"그러면 한번 만나는 보세요. 아들이 어머니를 따라가면 어머니 자식이 될 것이요, 만약에 절로 돌아오면 부처님 자식이니 다시는 찾지 마십시오."

그랬는데 나는 어머니를 보자마자 두말할 것 없이 손잡고 따라서 집으로 돌아왔으니 속세의 아들로 되돌아온 셈이다. 이제는 모친이나 광덕 스님이나 이 세상에 계시지 않는데 나는 시방 누구의 자식인고.

나와 경상도 땅의 인연은, 어려서 전쟁 시절에 대구로 피난 가서 소학교 다니던 때서부터 시작하여 행자 생활, 나중에 군대 생활까지 그곳에서 하게 되었다.

경상도의 음식을 들라면 우선 짜고 맵고 투박하며 원색적이라는 느낌이 든다. 그래도 다른 지방에서는 맛볼 수 없는 것들이 더러 있다.

부산에 갔을 적에 이른 아침에 아낙네들이 '재칫국 사이소!'를 외치며 창밖을 지나는 소리에 잠이 깼다. 재첩조개를 넣고 소금으로 간하여 끓여낸 국은 개운하고 속풀이에 좋았다. 요즈음 점심참에 먹기 좋지만, 우뭇가사리묵을 채 썰어서 콩가루와 갖은 양념을 하고 식초 섞은 냉국을 부어서 먹는 우무냉국도 속이 시원해진다.

대구의 '따로국밥'은 예전에는 대구탕이라고 불러서 생선 대구탕과 혼동이 될 정도로 유명했다. 연변에서 수십 년 만에 귀국했던 소설가 김학철 노인도 친지에게 옛날식으로 대구탕이 먹고 싶다고 했다가 생선 대구탕집으로 안내하는 바람에 낭패를 보았다는 일화를 소개하고 있다.

부산의 고래회나 포항 지방의 과메기는 술꾼들에게 잘 알려져 있다. 과메기는 예전에는 청어를 썼지만 요새는 청어가 드물어져서 꽁치로 대신한다. 꽁치를 바닷바람에 꾸득꾸득하게 말려서 그대로 찢어 먹는데, 길게 찢어 돌돌 말아서 다시마와 함께 초장에 찍어 먹는다. 근년에 내가 새롭게 개발한 과메기 먹는 법이 있는데, 이 또한 밥도둑이다. 우선 새우젓에 청양고추와 약간의 고춧가루, 통깨 등을 뿌려 양념해놓는다. 마른김을 구워서 손바닥만한 크기로 잘라놓고 과메기도 석쇠에 잘 구워 자른다. 구운 김에 따끈한 밥을 한 숟갈 얹고, 과메기 한 점에 청양고추 넣은 새우젓을 올려 감싸서 먹으면 비리지도 않고 그야말로 별미이다.

경상도 하면 또 떠오르는 음식이 아구(아귀)이다. 줘치와 아구는 그물에 걸리면 재수 없다고 그대로 바다에 버리던 생선이었는데, 그중에서도 아구는 아구찜이라는 독특한 마산 요리로 개발되어 값비싼 생선이 되었다. 아구찜은 콩나물과 미더덕이라는 멍게 비슷한 갯벌 생물과 만나야만 완성이 된다. 매운 양념에 톡톡 씹히면서 터지는 미더덕과 뼈다귀째로 씹는 아구맛이 입맛을 확 돌게 한다.

경상도의 막장은 찌개로 좋고, 집장은 가지, 무, 오이 장아찌를 함께 담그기에 좋다. 골짠지는 다른 고장의 무말랭이장아찌와 비슷한데, 무말랭이와 고춧잎을 검은깨와 강엿과 같은 양념에 매콤달콤하게 무쳐서 항아리에 담아 겨우내 땅속에 묻어두었다가 늦봄에 꺼내 먹는다.

전라도 한정식

전라도에 내려가서는 십 년이나 살았으니, 이사 다니기를 동네 마실 다니듯 하던 나로서는 꽤나 오래 머물러 있었던 셈이다. 청소년 시절에 전라도의 이곳저곳을 돌아다녀보았고, 어른이 되어서도 이따금씩 도시가 답답해지면 휘익 한 바퀴 돌아보고 오는 곳이 전라도였다.

칠십년대 중반까지만 하여도 전라도의 시골은 옛날 모습 그대로 남아 있는 데가 많았다. 정답고 포근해 뵈는 초가집이며 토담과 돌담으로 이어지는 고샅길이며 왕대숲과 남도에서만 자라는 동백, 석류, 수선화, 무화과, 오죽, 시누대, 배롱나무 등이 탱자울 너머 작은 마당에 옹기종기 모여 있었다. 그리고 수려한 가지를 늘어뜨린 붉은 소나무들이 늘어선 곳에 이끼 얹은 기와를 올린 옛집이 한두 채씩 있었다.

대전, 논산을 지나 도계를 넘어 벌써 전주에만 가도 이런 풍경은 어디서나 볼 수 있었고, 아무데나 이를테면 버스 차부 모퉁이에 있는 작은 주막엘 가보아도 서화가 걸려 있었으며, 심지어는 외딴 밥집 뒷간엘 가도 작은 산수화나 사군자가 걸려 있었다.

주전자로 막걸리를 파는 장터 앞의 선술집에서는 따로 안주를 시키지 않아도 곁들이 안주로 꼬막무침에 생선 토막에 나물에 묵에 술국에다 나중에는 수박 두어 쪽까지 나온다. 그러니 남은 안주가 아까워서 한 주전자 더 시키고 그러면 안주가 다시 나온다. 꼭 한 잔씩만 하자고 들어갔다가 결국에는 안주맛에 이끌려 지지벌겋게 거의 만취가 되어서 술집을 나서게 만든다.

비빔밥이니 콩나물국밥이니 하는 것들은 진작에 어느 도시에서나 흔해졌지만, 옛날 전주 콩나물해장국은 조금 달랐다. 나는 어떻게 된 것이 글쟁이보다는 그림쟁이들과 잘 어울려다니던 편이었는데, 그들은 감정 표현이 직설적이고 술 또한 잘 먹는다. 그래서 걸핏하면 술잔이 날고 주먹이 올라가는 자리가 되기 일쑤이건만 술자리 하나는 언제나 질펀하다.

콩나물해장국은 왕멸치로 국물을 낸 후 통통하고 실하게 자란 콩나물을 넣어 간을 따로 하지 않고 맑은 채로 끓이는데, 내오기 직전에 달걀 흰자위를 풀어 넣어주거나 수란을 얹어준다. 노른자위가 섞인 채로 덩어리가 되어 그릇의 반쯤을 차지하고 있는 요즈음식은 텁텁해서 맛이 없다. 뚝배기가 상에 올라온 뒤에도 아직 보글보글 끓고 있다. 깨끗한 육젓(새우젓)이 따라 나오는데 이것을 조금 넣고 국물도 넣어 간한다. 반찬은 김치와 깍두기인데 어떤 이들은 깍두기 국물을 국에 넣기도 한다. 나는 그냥 맑은 채로 먹는다.

속풀이한다고 식물성으로만 말갛게 먹기에는 아무래도 슴슴한지 장포를 찢어 내놓는다. 요즈음 시중에서는 흔히 장조림을 내놓지만 장포라야 한다. 쇠고기 홍두깨살이나 대접살을 삶아 포를 떠서 굽는다. 양념장을 고루 발라서 다시 한번 굽고 두들기고, 이런 식으로 몇 차례 양념이 속까지 배도록 약한 불에 구워서 잘게 찢은 다음에 잣가루나 깻가루를 뿌린다.

콩나물해장국을 먹을 때에 또 한 가지 곁들여야 할 것이 있다. 바로 '모주'라는 해장술인데 진하게 거른 막걸리에 흑설탕을 넣어 한소끔 끓여서 뜨거운 채로 사발에 내다준다. 국밥을 먹는 사이사이로 이 해장술을 마시면 온몸이 후끈해지고 땀이 나면서 간밤의 숙취로 무둑하던 속이 후련하고 시원해진다.

전북 전주, 남원 지방의 음식은 다양하고 맛깔스런 것들이 많아서 어느 것부터 얘기를 해야 할지 모를 정도다. 고들빼기나 무소박이, 더덕김치 같은 것들은 여러 문인들의 입담에 오르내리거니와 추어탕이며 오리탕이며 용봉탕이며 하는 것도 있고, 특히 상이 모자라서 겹쳐놓고 비워지는 순서대로 다시 늘어놓아야 하는 한정식은 도대체 이런 식으로 어떻게 장사를 할까 싶을 만큼 그 맛과 인심이 드넓은 평야 지대인 남도답다.

어떤 이는 곳곳의 서화와 한정식의 풍요로움이 지주 문화의 잔재라며 약간의 비아냥을 섞어 이야기는데, 그 말도 일리는 있겠으나 다른 한편으로 음식 치레에 치중한 것은 사실 중인 계급이 더했다. 감영이 있던 데나 군영이 있던 곳, 또는 상단이 있던 고장에는 먹을 만한 음식들이 있게 마련이다.

전에는 서울에서도, 오래된 전통 여관에서는 일본의 료칸처럼 아침에 숙박비에 포함된 밥상을 차려주는 데가 더러 있었다. 내가 남도 쪽을 돌아다니던 시절이야 말할 것도 없이 시골 읍내의 여관에서는 아침 밥상을 들여주었다. 대개 책상반에다 국과 밥, 그리고 조치라고 하는 찌개 한 가지에 생선이나 고기반찬에 마른반찬, 나물, 간장, 고추장, 젓갈 등속을 정갈한 사기그릇이나 유기에 담아 내왔다. 그 중 정겨운 것 한 가지가 있으니 작은 종지에 날달걀 한 개를 담아 내오는 것이다. 밥을 반쯤 먹고 나서 남은 밥에 달걀을 깨어 넣고 비벼 먹는 맛이 그만이다. 그야말로 집에서 먹던 가정식 백반인 셈이다.

상차림에도 격식이 있어서 칠첩반상이 기본이었다. 밥과 국에 김치 한두 가지, 찌개나 찜이 나오고 첩에 들지 않는 간장, 초간장, 초고추장 등이 있고 숙채, 생채, 조림, 구이, 전유어, 회, 마른반찬의 일곱 가지가 칠첩이다. 구첩반상은 위에다 나물, 구이, 조림 등의 숫자를 늘린 것이며, 교자상은 여러 사람이 연회를 할 적에 먹는 겸상이다.

한정식집에서 내던 상이 바로 이것이었으니 그야말로 상다리가 부러질 지경으로 가짓수가 많았다. 구절판과 신선로와 소, 닭, 돼지고기와 해물, 어패류가 함께한다. 낫것

상이라고 하여 점심에 원반에다 간단히 차리는 독상도 있다. 그런가 하면 술과 각색 안주를 차려놓는 주안상이 있다. 구절판에, 산적에, 편육, 회, 냉채, 찜, 신선로, 전유어, 마른안주 등속이 올랐다.

땅끝에서 만난 새로운 맛들

칠십년대 중반에 어딘가 농촌 지방으로 가야겠다고 진작부터 작심을 하였으나, 내가 전라도 해남으로 내려가게 된 데에는 그해 여름의 여행길 때문이었다. 우연히 스케치를 하러 가는 화가 친구들을 따라나섰다가 처음으로 강진이라는 곳에 이르렀다. 물론 정약용 선생의 유배지인 만덕산 다산초당에도, 청자 가마터에도 가보고 너른 갯벌과 탐진강 줄기도 바라보았다. 그곳에서는 새마을운동이 한창이었지만 옛날 읍내의 모습을 고스란히 간직하고 있었는데, 대숲을 스치는 바람이 소슬하였다. 그래서 당장에 갯가가 내다보이는 언덕에서 맞춤한 집을 찾다가 그만두고 옆 고을인 해남으로 가서야 사정에 맞는 집을 구하여 꿩 대신 닭이라고 그 고장에 자리를 잡게 되었다. 아니 해남이 닭이라니, 말도 안 되는 소리였다. 비록 읍내에서 바다가 멀기는 하여도 아늑하고 풍광 좋기로는 해남이 더욱 옛 고을다웠다.

식솔들을 버스로 보내고 이삿짐을 가득 실은 트럭 앞자리에 앉아 먼지 나는 비포장길을 달려서 우슬재를 넘는데, 고갯마루에 올라서자 저 아래편에 엎드린 해남 읍내와 들판이 보였다. 내가 찾아낸 집은 고래등 같은 고가의 마당 안에 무슨 더부살이 집처럼 따로 낮은 돌담을 두른 남도식의 일자집이었는데, 어른 셋이서 팔을 둘러야 겨우 손끝이 닿을 만큼 수백 년 묵은 느티나무가 마당 귀퉁이에 서 있었고, 역시 사람들 말로 삼백 년 묵었다는 동백나무도 서 있었다.

동백나무는 전에 살던 이가 너무 잎이 무성하여 잘랐다는데 그 아래 둥치에서 새순이 돋아나 오히려 분재 나무처럼 둥글고 탐스럽게 자라났다. 느티나무와 동백은 무슨 부부처럼 사이좋게 아래위로 서 있었다.

해남은 공기는 물론, 햇빛과 바람부터가 달랐다. 아무리 세차게 불어오는 바람도 볼에 닿으면 살랑대며 어루만져 주는 듯했고, 햇빛은 마치 석양이 그렇듯이 약간 비껴서 내리쪼이는 것 같았는데, 풀과 나무와 꽃이며 땅이 제 색깔을 제대로 내는 것처럼 보였다.

비 온 뒤의 풍광은 더욱 투명해서 느끼한 유화가 아니라 묽게 채색된 수채화로 아슴푸레하게 그린 듯했다. 밤이면 댓잎이 서걱대고 댓가지가 서로 부딪는 소리가 밤새도록 들려왔다. 비가 오나 하여 내다보면 대숲을 지나는 바람 소리가 그렇게 들렸다.

미리 작정하고 찾아 내려간 터라 나는 슬슬 농민들과 접촉을 시작했는데, 이들이 힘을 얻으려면 읍내 중간층들의 두터운 후원이 있어야겠다고 생각을 바꾸었다. 읍내에서 내가 사귈 사람은 일단 관리들과 나이든 사람은 빼고, 학교 선생이나 의사, 약사, 아니면 대학을 나와 도시에서 적응하지 못하고 낙향하여 자영업을 하는 삼십대의 사람들로 정하였다. 촌에서 사람을 사귄다는 것은 언제나 술 한잔이 매개여서 별의별 것을 다 먹어보았다.

농민들과의 접촉은 주로 장날에 이루어졌다. 읍내에 장이 서면 주위의 면과 리에서 농민들이 장을 보러 나왔고, 그들은 우리집을 방문해서 세상 돌아가는 이야기도 하고 책도 빌려 보곤 했다.

나중에 시인 김남주나 전국농민회 의장을 지내게 된 정

광훈 형이며 동화작가 윤기현이 내 서재를 사랑방 농민학교로 만들어 장날마다 학습도 하고 토론도 하게 되었다. 처음에는 집에서 대충 점심을 간단히 차려내곤 하였는데, 점점 많아지는 회원들을 감당할 수가 없어서 자연스럽게 방문자는 먹을거리를 가져오게 되었고, 그래서 더욱 정이 돈독해졌다.

내가 기현이를 알게 된 것은 우연히 우슬재 넘어 어느 개척 교회를 방문했을 때였다. 어느 젊은 농민이 아이들에게 이야기를 해주고 있었다. 처음에는 뒷전에서 무심코 듣고 앉았다가 나도 모르게 그의 이야기에 빨려들어가고 말았다. 자리가 끝난 뒤에 그에게 어디서 그런 동화를 읽었느냐고 물었더니 그가 되물었다.

"동화가 뭣이다요?"

책에서 읽은 건 아니고 그냥 농사짓는 틈틈이 '아그들에게 보탬이 되는 이야그를 머릿속으로 생각해냈다'는 것이다. 나는 그에게 그런 얘기를 글로 써보라고 일렀고, 초등학교를 다니다 말았다는 그에게 맞춤법이며 원고지 쓰는 법을 가르쳐주었다.

얼마 안 가서 그는 어느 잡지의 동화 현상 공모에 당선되었다. 그의 첫번째 동화 「개똥이」는 나중에 노래쟁이 김민기가 노래극으로 재구성해서 유명해졌다.

그의 집을 방문했다가 전혀 낯설지만 대단히 맛깔스러운 것을 먹게 되었다. 서울에서 반도의 서쪽 끝자락인 전라도까지 천릿길이라 난생처음 먹어보는 음식이 한두 가지가 아니었는데 그중 첫번째가 '보릿국'이다. 보릿국이라면 무슨 보리 곡식으로 국을 끓이는가 할 테지만, 천만의 말씀이다. 보리는 다 알다시피 전해 가을에 벼를 베고 추수를 하고 나서 다시 땅을 갈아엎은 뒤에 씨를 뿌리는데, 겨우내 추위와 눈보라에 시달리며 싹을 틔운다. 그래서 시골 사람들은 겨울에 눈이 많이 오면 "올 보리농사 풍년 들겄네!" 하고 얘기한다.

새봄이 되어 햇볕이 포근해지고 아직 잔설이 덜 녹아서 밭두렁이 희끗희끗할 무렵이면 눈밭 사이로 파란 보리 싹이 고개를 비죽 내민다. 바로 이때에 보리싹을 잘라다가 국을 끓이는 것이다. 먼저 쌀뜨물을 받아두고 다시를 내든지 아니면 '홍어애'를 넣어 국물의 맛을 깊게 한다. 보리싹은 된장으로 살살 버무려 두었다가 넣고 끓인다. 한 술 떠넣으면 봄의 생명력이 싱싱하게 들어 있을 보리싹과 구수한 된장과 홍어애의 콤콤한 맛이 어우러져 전라도의 땅 내음이 입안 가득 맴도는 것 같다.

국거리를 따진다면야 한두 가지가 아니며 이들 모두가 해장감으로도 맞춤한데, 그중에 '매생잇국'이 있다. 매생이는 아주 여리고 부드러운 해초다. 톳이나 파래는 나물로 무쳐 먹고 그보다 가늘고 부드러운 감태는 장을 만들고 김도 장을 만든다. 이들 모두가 해초인데 거의 김처럼 여린 매생이는 향기와 감칠맛이 그만이다. 조금이라도 더럽혀진 바다에서는 자랄 수가 없으니 매생이는 남해의 맑은 연안에서만 조금씩 나왔는데 요즘은 양식을 해서 흔해졌다.

매생잇국은, 다시 물을 내어 마늘과 무를 넣고 푹 끓여서 받쳐낸 맑은 국에다 매생이를 넣고 살짝 끓여낸다. 너무 끓이면 아예 녹아서 연약한 매생이가 물처럼 되어버린다. 죽처럼 부드러운 것이 입안에 넣으면 호물딱 저절로 녹아 물이 되는 느낌이다.

장날에 읍내의 시장 모퉁이로 나가면 아주머니들이 이른바 '세발낙지'를 함지에 산 채로 담아 팔았다. 세발낙지라고 하면 무슨 다리가 셋이 달린 낙지인 줄 알기가 십상인데, 발이 가늘고 몸통이 작은 어린 낙지를 말한다. 어리고 작기는 하여도 방금 갯벌에서 꼬챙이에 꿰어 내온 것들이라 흡판의 힘이 보통이 아니다. 여기 사람들은 다른 고장 사람들에게 먹는 방법을 가르쳐주기 전에 언제나 잘못 먹으면 죽는다는 엄포를 잊지 않았다. 심지어는 '요 얼마 전에' 자기가 잘 아는 사람이 '숨이 막혀서' 죽는 광경을 직접 목격했노라고 덧붙이기까지 했다.

세발낙지를 먹을 때에는 우선 대가리를 잡고 한 손으로는 엄지와 검지로 낙지의 발가락들을 죽죽 훑어내린다. 그러고 나서 사정없이 대가리를 우적 깨물면서 두 손으로는 연신 낙지 발을 훑어내리면서 씹어 먹는다. 씹는 동안에도 흡판들이 볼따구니 안쪽과 혀에 간질간질 들러붙는다. 도회지에서야 칼로 잘게 썰어놓은 산낙지회를 먹는 것만도 무용담거리가 되지만 세발낙지 먹기는 그야말로 엽기적으로 보인다.

올림픽 즈음이던가, 국제펜클럽 모임 때에 당시 수감되어 있던 문인들을 석방시켜보려고 해외 문인들과 몇 차례 자리를 같이했었는데, 누군가 짓궂게도 산낙지회를 시켰다. 외국 문인들의 소스라치던 얼굴이 생각나서 지금도 웃음이 난다. 미국 펜 회장이던 수전 손택이 비명을 지르면서도 호기심 때문에 먹어보고는 연신 맛있다고 했다. 수년 뒤에 뉴욕에서 만났을 때에도 다시 그때의 낙지 얘기를 꺼낼 정도로 기억에 선명했던 모양이다.

이 세발낙지를 국으로 끓인 것이 목포의 저 유명한 연포탕이다. 연포탕은 무와 양파와 마늘을 넣고 푹 끓이다가 맑은 국물에 어린 낙지를 넣고 살짝 끓여낸다. 파를 넣어 먹는데 시원한 국물맛이며 발갛게 익은 어린 낙지의 살이 오돌오돌 씹히는 것이 술국으로도 그만이다.

바다의 선물,
맛의 혁명

낙지 이야기가 나왔으니 그와 쌍벽이라고 할 수 있는 홍어를 빼놓을 수가 없다. 아니, 홍어는 전라도에서 그 무엇과도 비교할 수 없는 으뜸의 먹을거리다. 경조사에서 홍어는 고기붙이보다도 더 중요한 품목이다. 누군가 잔치에라도 갔다가 상에 홍어가 보이지 않으면 '그 집 잔치 먹을 것 없다'고 투덜대고, 홍어가 빠지지 않았으면 '잔치가 걸다'고 만족해한다.

전라도 속담에 '만만하기는 홍어 거시기'라는 말이 있다. 남에게 무시를 당하거나 윽박지름을 당하면 항의조로 내뱉는 말이다.

'만만한 게 홍어 거시기'라는 속담이 퍼지게 된 데에는 다 그럴 만한 유래가 있다. 생물학적으로 사실인지 아닌지는 모르나, 현지 사람들 말에 의하면 홍어는 '되다 만 물고기'라고 한다. 즉 물고기와 파충류의 중간치기라는 것이다.

오래전에 홍도에 갔을 때 섬 주위를 배를 타고 돌아보다가 물밑 저 아래로 지나가는 거대한 물고기를 본 적이 있다. 그것은 거의 돗자리 한 장만한 크기였는데 유유히 물밑으로 헤엄쳐 지나갔다. 아마도 가오리일 거라고 뱃사람이 말했다. 가오리와 홍어는 얼핏 보아 구분이 잘 안 간다. 아마도 바닷속 생물 중에서는 한통속일 거라고 생각한다. 홍어는 대개 방석 한 장만한 크기가 제일 맛있다.

다시 '홍어 거시기' 이야기로 돌아가서, 홍어를 잡으면 암놈과 수놈은 가격에서 큰 차이가 난다. 수놈 홍어는 암놈에 비하면 헐값이고 쳐주지도 않는다. 실제로 찜을 해놓은 것을 먹어보면 암놈은 지느러미 부근이나 속뼈가 흐물거리고 오돌오돌 씹히건만 수놈의 것은 빳빳하고 딱딱해서 발라내야만 한다. 그리고 살맛도 부드럽거나 쫄깃하지 못하고 어딘가 퍽퍽한 느낌이다.

사가는 사람이야 겉모양만 보아서는 어느 게 암놈이고 수놈인지 분간하기가 어렵다. 이때에는 생선을 뒤집어 배

아래쪽을 보면 된다. 물론 암수의 성기가 다르기 때문이다. 아니, 물고기에 성기라니! 홍어는 다른 물고기들처럼 난생이 아니라 태생이다. 따라서 다른 물고기들처럼 암놈이 알을 낳으면 그 주위에 정액을 뿌려서 수정시키는 게 아니라 직접 교미를 통하여 수태하고 새끼를 낳는다. 어부들이야 그러지 않겠지만 중간 상인들은 홍어가 들어오면 뒤집어 배를 살피고 나서 수놈 홍어의 '거시기'부터 얼른 떼어낸다. 암놈과 같은 가격을 받아내려는 속셈에서다. 그래서 '만만한 게 홍어 거시기'가 되어버렸다.

전라도 사람들은 홍어의 맛 중에 '영산포 홍탁'을 제일로 친다. 칠십년대 초반엔가 우연히 '홍탁'을 맛보고 진저리를 친 적이 있었다. 무슨 날고깃점 같은 것을 두툼하게 썰어 내오고, 그와 크기가 비슷하게 돼지고기 삶은 것 몇 점이 곁들여졌는데, 묵은 김치가 찢어먹기 좋도록 썰지도 않은 채로 한 접시 따라 나왔다. 술은 주전자에 넘칠 듯 가득 들어 있는 탁주 막걸리였다.

상대방의 하는 짓을 보고 그대로 따라했는데, 우선 날고기 비스무레한 홍어 한 점에 돼지 삼겹살을 겹쳐서 손으로 찢은 김치에 둥글게 싸서는 입안에 넣었다. 한입 씹자마자 그야말로 오래된 뒷간에서 풍겨올라오는 듯한 암모니아

가스가 입안에서 폭발할 것처럼 가득찼다가 코로 역류하여 터져나왔다. 눈물이 찔끔 솟고 숨이 막힐 것 같았다. 단숨에 막사발에 넘치도록 따른 막걸리를 쭈욱 들이켰다. 잠깐 숨을 돌리고 나니 어쩐지 속이 후련해졌다. 참으로 이것은 무어라 형용할 수 없는 혀와 입과 코와 눈과 모든 오감을 일깨워 흔들어버리는 맛의 혁명이다. 말 그대로 어리떨떨하다가 정신이 번쩍 나는 것이다.

이들 홍어, 돼지 삼겹살, 묵은 김치와 곁들인 막걸리를 싸잡아서 전라도 사람들은 '홍탁삼합'이라고 부른다. 홍탁삼합을 처음 먹는 사람들은 어찌나 독한지 입천장이 홀라당 벗겨져버리기도 한다.

이 지독한 별미의 맛은 홍어를 발효시켰기 때문이다. 싱싱한 홍어를 사다가 그대로 뒤란 두엄더미 속에 던져둔다. 다른 생선이나 육류 같으면 대번에 썩어 문드러질 텐데, 두엄더미 속에서 사나흘 삭으면 홍어는 적당히 발효가 된다. 살은 아직도 먹음직한 선홍색이다. 이것을 두툼하게 썰어서 자연 그대로 먹기도 하고, 얇게 저며서 고춧가루 섞은 소금에 찍어 먹기도 한다. 그뿐 아니라 찜을 하여도 맛이 독특하다. 발효시킨 홍어찜은 날것보다는 덜해도 가스는 여전해서 코를 탁 쏘는 맛은 회에 못지않다.

삭힌 홍어에 갖은 양념을 하여 다른 물고기찜을 하듯이 뭉근하게 쪄서 내는데 살과 뼈를 모두 함께 먹을 수가 있다. 잔뼈가 많이 들어 있는 지느러미께는 마치 중국 요리의 삭스핀처럼 부드럽고 아작거리는 맛이 그만이다. 그냥 가자미처럼 잘게 썰어서 갖은 양념과 채를 썬 무에 미나리 등속과 버무린 홍어무침은 흔히 경조사의 주요 음식으로 나온다.

충청도에서도 '간재미무침'을 쳐주는데 발효시킨 것은 아니다. 도회지 사람들, 특히 서울 사람들은 거의가 삭힌 홍어를 처음 먹을 때는 '다시는 먹지 않겠노라'고 속으로 은근히 결심을 하지만, 십중팔구는 나중에 기회가 생기면 슬슬 조심하면서 먹게 되고, 그렇게 한번 맛을 들이면 아예 요즈음 말로 '마니아'가 되어버린다. 제법 맛을 아는 고참이 되면 홍어찜을 먹다가 더욱 냄새가 고약한 홍어애를 서로 먹겠다고 다투게 된다.

옛날에도 홍어는 가짜가 많았다. 흔히 조기를 말린 굴비가 그렇듯, 칠산 앞바다에서 잡은 조기를 영광 법성포에서 말린 것이 영광 굴비이듯이, 홍어도 흑산도에서 잡은 것이 진짜 노릇을 한다.

흑산 홍어는 지느러미에 부드러운 가시가 있고 몸빛이

조금 더 진하고 검붉은 기가 도는데 살이 단단하고 차지다고 한다. 뾰족하게 솟아난 코를 둥글게 구부려보면 다른 홍어는 쉽게 부러지지만 흑산 홍어는 유연하게 구부러질 뿐 부러지지 않는다.

요즈음에는 흑산도는 물론이고 인근 서해에서도 홍어가 잘 잡히지 않으니 진짜배기 흑산 홍어는 부르는 게 값이다. 그래서인지 저 남반구의 반대편 쪽에서 잡힌 칠레산 홍어가 흑산 홍어로 둔갑을 하게끔 되었다. 외국산 홍어는 날갯살의 뼈를 씹어보면 딱딱하고 빽세어 대번에 알아차릴 수가 있다. 그래서 부드럽게 하려고 온갖 조리법에 신경을 쓰는 모양이다. 회는 살만 저며내니 그렇다 치고 통째로 찜으로 낼 때에도 잘 삭히고 오래 쪄내면 구별이 안 되기도 한다.

요즈음 진짜 홍어 먹기가 얼마나 어려운가를 말해주는 시정의 뒷말이 있다. 어느 당의 원로 되시는 이가 진짜 흑산 홍어를 전문으로 취급한다는 한 음식점에서 홍어를 먹어보고는 자신 있게 '이건 진짜'라고 점수를 매겼다. 그는 같은 고장 출신으로 홍어를 좋아하는 대통령에게 자랑하려고 포장해달라며 다시 한 접시를 주문했다. 사정을 알게 된 주방장이 급해졌는지 달려나와 속내를 털어놓기를 진실을 밝히자면 '이건 가짜'라고 했다는 것이다. 즉 아무리 높은 어른도 구해 먹기가 어려워졌다는 우스갯소리일 게다.

고봉밥을 먹어치우는 밥도둑놈

내가 해남 가서 처음으로 후배를 사귀어 선물을 받은 것 두 가지가 있으니 그중 첫번째가 '어란'이다. 작은 항아리에 무슨 훈제 소시지 같은 것이 차곡차곡 들어 있었다.

큰아이가 아직도 해남 토박이인 그를 부를 때면 '동섭이 삼촌'이라고 부르지 않고 '살구 아저씨'라고 부르는 연유가 있다. 해남 내려가서 자리를 잡았던 집안에 수백 년 묵은 느티나무와 동백나무 외에도 백오십여 평 남짓한 마당 안에 살구나무도 한 그루 있었다. 해마다 가지가 휘도록 살구가 열려서 초여름만 되면 내 아이들이 바구니 가득 따고는 했다.

동섭이는 병원집 장남인데 도시에 나가 직장생활을 하다가 뜻을 잃고 낙향해서 집안일을 거들던 청년이었다. 그가 집에 올 때마다 아이들에게 '내 살구 내놓으라'고 엄포를 놓아서 농담치고는 좀 괴이쩍다고 생각하다가 한참 뒤에 내가 물으니 이렇게 대답하는 것이었다.

"성님이야 유명한 사람이고 나는 촌구석 사람인디 금방 이사가뿔면 저놈들이 내를 알겄소. 내가 이렇게 해둬야 낭중에 날 기억하지 않겄소."

동섭이는 그 무렵에 생업에는 뜻을 잃고 서화를 모은다, 수석을 주우러 다닌다, 분재를 가꾼다 하면서 유신 시대를 보내고 있었는데 나중에는 농민회 일도 뒷바라지를 하게 되었다. 하여튼 그가 연말에 내게 작은 단지 두 개를 보내왔는데, 이것이 기가 막힌 전라도 특산품들이었다.

훈제 소시지처럼 생긴 것은 바로 그 유명한 '영암 어란'이었다. 영암은 예부터 영산강이 내륙 깊숙이 들어오는 영산포를 끼고 있고 서쪽으로는 너른 갯벌을 지니고 있었다. 바다에서 잡히는 숭어가 아니라 갯벌에서 잡히는 숭어를 '참숭어'라고 따로 부르는데, 영양이 풍부한 갯벌에서 잡힌 숭어는 특히 아랫배가 축 처질 정도로 큼직한 알집을 배고 있기 때문이다. 거의 한 뼘만한 크기의 알이다. 보통 숭어는 바다에서 그물로 잡지만, 참숭어는 물이 들면서 갯벌의 생물을 먹으러 들어오니까 물때를 맞춰 미리 나가 기다리다가 낚시를 띄워 잡는다.

숭어의 알을 내어 우선 맛좋은 간장에 하루이틀 담가둔다. 장이 배면 건져내어 한식경쯤 찬물에 담가두었다가 다시 건져서 보름쯤 그늘에서 말린다. 그것을 무거운 돌로 눌러두었다가 다시 말린다. 말리는 동안에 틈틈이 참기름을 바른다. 바르고 말리고 하기를 다시 한 스무 날쯤 하고 나면 전라도 말로 '짠닥짠닥'한 진갈색의 어란이 완성된다. 어란은 예전부터 궁중 진상품이었을 정도로 귀한 식품이었다. 어란을 칼로 얇게 저며서 술상에 내는데 고소하고 감칠맛 있고 쫀득거리는 것이 소주를 마실 때 안주로 곁들이면 좀처럼 속이 패지 않는다.

그리고 다른 항아리에 들었던 것은 '토하젓'이었다. 토하젓은 장성 것을 옛적부터 으뜸으로 치는데 민물새우로 담근 젓이다. 산에서 흘러내린 맑은 물을 모아둔 저수지에서 채로 떠내는데, 내장이 비칠 정도로 말개서 가뭇가뭇한 눈의 검은 점들로만 분간을 할 수가 있을 정도다. 이것들을 소금 넣고 절이면 익힌 것처럼 이내 붉은색으로 변한다. 요즘은 도시 사람들에게도 알려져서 토하젓이라고 유리병에 조금씩 넣어 판매하고 있지만 새우의 몸집이 모조리 분해되어 뭉그러져 있다. 진짜배기 토하젓은 새우의 몸체가 고스란히 보존되어 있어야 싱싱한 향내가 난다. 젓갈이 콤콤하겠지 같잖게 향내라니 무슨 소리냐고 하겠지만, 토하젓을 집어 씹어보면 몸이 탁탁 터지면서 향긋한 흙냄새가 난다. 그래서 토하젓이다. 흙냄새가 나지 않는 토하젓은 일반 새우젓이나 다를 바가 없다. 이 토하젓을 한 젓가락씩 집어다 밥에 살살 비벼 먹으면 기가 막힌데, 얼른 먹어야지 비벼서 잠깐 놓아두면 이내 밥알이 삭아버린다. 그래서 소화제라고도 부른다.

그리고 당시의 어느 기관 지부에서도 내게 말씽 부리지 말라고 설에 보내온 것이 있었다. 라면 박스 반만한 크기의 멸치 한 박스였다. 대수롭지 않게 생각하고 그냥 볶아 먹고 국에 넣어 먹고 했는데, 식구가 하는 말이 '내장 따내기가 어쩐지 아깝다'는 것이었다. 뭐가 아까우냐 했더니 좀 보라고 하며 멸치를 내밀기에 들여다보니 모두가 똑같이 알을 배고 있었다. 그것도 그냥 통통한 게 아니라 미어져 터질 듯이 알을 배고 있었다. 나중에 여기 사람들에게서 들으니 이게 바로 '칠산멸치'라는 것이다. 목포 건어물 시장에 가서 이것을 찾으면 주인이 아주 특별한 단골이나 기관장들에게만 겨우 한 상자씩 내어다준다고 하였다. 이것을 통째로 몇 마리만 넣으면 국이나 찌개 맛이 감칠맛 있게 깊어진다고 하였다. 대개 잡는 철이 보통 멸치와는 다른데 언제가 적기인지는 오래전 일이라 잊었다. 다만 알을 낳으러 조기처럼 칠산 앞바다에 몰려올 제 잡는데, 거의 모두 알을 뱄지만 품질을 높이기 위해서 나중에 다시 선별을 한다는 것이다.

광주 같은 도회지에서도 한두 집 볼 수가 있지만, 읍내 장터 모퉁이의 '짱뚱어탕'도 강원도와 충청도의 곰치 또는 물텀벙이탕처럼 해변에서 흔한 허드레 물고기로 끓이는 아침 해장국이다.

망둑어과에 속하는 짱뚱어는 주로 갯벌에 사는데 바닷물이 빠지면 구멍을 파고 들어가 밀물이 들어올 때까지 은신한다. 어떤 때는 갯가의 부들이나 왕골 줄기에 의젓하게 올라가 바람을 쐬기도 한다. 두 눈이 통방울처럼 솟아올라 뒤룩거리고, 생명력이 강해서 내장을 다 빼고 물에 담가두어도 한나절 동안 아가미를 펄떡거리며 살아 있다. 이 짱뚱어를 추어탕 끓이듯이 푹 고아서 거의 가루가 된 것을 체에 걸러 씰가리(우거지) 넣고 얼큰하고 구수하게 끓인 게 짱뚱어탕이다.

나는 고등학생 때 어느 여름방학에 대부도에 외가가 있는 친구와 함께 놀러가서 일주일 동안 질리지 않고 망둥어 낚시질을 한 적이 있었다. 망둥어 낚시는 찌고 뭐고 아무 필요가 없다. 그냥 낚시에 갯지렁이를 아무렇게나 꿰어 무릎까지 찰랑찰랑한 바닷물에 담그면 정신없이 물어댄다. 낚아 올리고 떼어내어 옆구리에 찬 바구니에 넣고 또 던지고를 되풀이했다.

어디 한두 가지뿐이겠는가. 이 고장의 웬만한 한정식집에 가서 얼른 상 위를 한 바퀴 둘러보노라면 맛깔스런 음식이 좌악 깔렸다. 그중에 다른 지방에는 없는 고기 요리가 있으니 바로 '떡갈비'다. 창평 엿으로 유명한 담양 떡갈비가 맛이 좋다고 하는데 아마도 우시장이 커진 뒤의 일일 것이다. 떡갈비는 효도 음식이라고도 하는데, 그 이유는 노인들이 드시기에도 좋아서라고 한다. 그럴 수밖에 없는 것이, 갈빗살을 말끔하게 발라내어 칼로 두들겨서 거의 다지다시피하여 배즙이나 갖은 양념에 재었다가 뭉쳐서 굽는데, 뼈나 힘줄이 붙어 있지 않아서 이가 좋지 않은 이들도 안심하고 먹을 수가 있다.

'죽순백숙'은 담백하고 느끼하지 않은 영계백숙이다. 삶아서 쓴맛을 우려낸 죽순을 닭의 뱃속에 찹쌀, 마늘과 더불어 넣고 푹 곤 것인데, 닭살과 죽순이 어우러져 구수한데다 맵고 짜지 않아서 아이들 보양식으로도 좋다.

이제 젓갈 얘기나 하고 그쳐야지, 이러다가는 온통 전라도 음식 자랑만 거들다가 말겠다. 젓갈을 주반찬으로 하는 한정식집도 읍내마다 많을 정도니까 전라도가 가히 젓갈의 고장임을 알겠다. 멸치젓, 황새기젓은 어디나 있는 것이고, 갈치속젓이나 돔배젓은 전라도 특유의 것이다. 토하젓은 이미 나왔고, 전어밤젓은 그 고장 사람들뿐만 아니라 타관 사람들도 한 젓가락 맛을 보면 우리나라 이밥 반찬의 진수임을 깨닫게 된다. 또한 참게장은 논이나 방죽에서 잡아다가 다진 쇠고기와 함께 항아리에 넣어 며칠 동안 먹인 다음에 그대로 장을 부어 담근다. 참게딱지 하나로 고봉밥을 먹어치운다는 말이 있을 정도로 '밥도둑놈'이다. 아가미젓은 무와 함께 담가서 아삭이는 맛이 좋고, 갈치젓은 담가서 무쳐 먹기도 하지만 전라도에서는 멸치젓국과 함께 김장에도 넣는다. 서산 어리굴젓이 신선하게 속성으로 발효시켜서 먹는 거라면 전라도 굴젓은 보다 맵고 짜게 담가서 오랫동안 발효시킨다.

설록이니 작설이니 하는 차로부터 모과차니 유자차니

하는 것들이며, 항아리에 닭뼈를 넣어두어 지네를 모은 다음에 그대로 담그는 지리산 오공주며, 쌀로 내린 소주에 진달래를 담가 오래 묵힌 진도 홍주며, 독하지만 얼른 깬다는 영광 토주며 하는 마실 것들도 한두 가지가 아니다.

구쟁기된장국에
자리물회 한 점

고등학생 때에 무전여행길로 제주도엘 처음 갔는데, 목포에서 연락선을 타고 밤새껏 멀미에 시달리면서 제주 해협을 건너 새벽녘에야 먼바다 저편에 섬이 나타나던 것이 생각난다. 물 위에 떠 있는 삿갓 같은 땅이라던 말이 틀리지 않아 보였다. 섬 전체가 한라산이라 하여도 지나치지 않을 만큼 수평선을 기준으로 바라보면 세모꼴의 산만 보인다. 정상에서부터 비탈을 따라 바닷가에 이르기까지 목초지와 중산간 마을과 경작지와 읍내와 맨 아래쪽에 해변 어촌이 있다. 섬 전체가 화산이라 바위와 돌과 흙과 나무며 풀이며 꽃이며가 육지와 전혀 달라서 다른 나라에 온 것만 같다.

나는 그뒤로, 아마도 전라도로 내려가 있던 칠십년대 무렵부터 그곳 젊은이들과 인연이 생겨서 한 해에 한두 차례씩은 꼭 드나들었다. 어느 해에는 몸이 좋지 않아서 겨울 한철을 요양하며 보낸 적도 있었고, 팔십년에 광주에서 참사가 벌어진 뒤에는 일 년 반쯤을 제주도에서 '귀양살이'를 했다. 가족과 떨어져 나 혼자 장 보고 취사하고, 아니면 이곳저곳 먹을 만한 것들을 찾아서 골목과 시장 어귀를 드나들었으니 이 고장의 맛에 대해서는 고향처럼 잘 아는 사람이 되었다. 그뿐만 아니라 여기서 문화패와 소극장을 만들고, 민란을 중심으로 한 향토사나 무속 혹은 민요를 조사하는 연구소를 구성하고 하는 동안에 가까운 후배들이 많이 생겼다. 그래서 관광객들이 다니지 않는 작은 본바닥 술집이나 기이한 음식점들을 알게 되었고, 명절 때면 그들의 집에 놀러 가서 낯선 음식도 먹어보게 되었다. 그들은 이제 제주 사회의 중추가 되어 있다.

술꾼들에게는 아침 속풀이 음식이 우선이니 먼저 국 이야기를 해야겠다. 여기서는 해물이며 푸성귀며가 모두 집 주위에서 얻은 싱싱한 것들이라, 양념이 귀하기도 했겠지만 별다른 맛을 내려고 애달캐달하지 않아도 원초적인 맛을 지니고 있다고 하겠다. 육지에서처럼 고기나 멸치로 다시를 내어 국을 끓이는 법이 없고 싱싱한 해물을 무나 채소와 함께 끓여서 소금이나 간장으로 간을 할 뿐이다. 처음에 갈치로 끓인 미역국을 보고 속으로 조금 놀란 적이 있었지만 나중에는 맛을 들이게 되었다. 때로는 미역 대신에 단호박을 넣어 끓이기도 하고 무를 넣기도 한다.

제주도를 다녀간 신혼부부들이 거의 다 아침거리로 먹게 되는 '해물뚝배기'는 사실은 해물을 넣고 된장에 끓이는 제주도의 몇 가지 아침 속풀이가 합쳐진 것이다. 보말(고둥의 일종), 구쟁기(뿔소라), 오분자기(작은 전복의 일종), 조개, 성게 등속의 어패류로 각기 시원한 된장국을 끓이는데, 이를 종합하여 개발해낸 관광 먹을거리가 해물뚝배기라고 할 수 있다.

내가 맛을 들인 속풀이로는 '몸'국이 있다. 몸은 파래, 톳, 감태 따위 같은 해초다.

제주에서는 예부터 형편상 쌀 대신에 잡곡이 주식이었다. 보리밥이나 조밥을 주로 먹었고 이밥은 일 년에 한두 번 명절이나 제사 때에 먹어서 지금도 쌀밥을 고운 밥이라 하여 '곤밥'이라고 부른다. 고기도 쇠고기는 드물어서 경조사에 주로 돼지고기를 썼다. 돼지고기 음식이 많기도 하지만 먼저 몸국은 돼지의 '족잡뼈'라고 하는 갈비 옆의 가느

다란 뼈를 오랫동안 푹 끓여서 국물을 낸다. 흔히 여기식의 순대를 만들 때에 몸국도 끓이게 되는데, 순대도 육지와는 달라서 속에 돼지피와 보릿가루를 넣는다. 몸국은 돼지의 작은창자와 막장을 썰어 넣고 돼지뼈 우려낸 국물에 해초인 몸을 넣고 끓이는데 술국으로 그만이다.

옥돔으로 끓이는 '오토미국'도 있다. 몸이 불그스레하고 머리가 둥글게 혹이 튀어나온 듯한 옥돔을 귀하게 여겨 제주 사람들은 이것만을 생선이라 부르고 다른 것들은 제 이름을 부른다. 따라서 오토미국은 그저 생선국으로 불리기도 한다.

옥돔을 간하여 말린 것이 관광객들에게 팔려나가기 시작하면서 육지에서는 영광 굴비에 버금가는 비싼 생선이 되어 있다. 옥돔은 굽고 지지고 튀겨 먹기도 하지만, 미역국에 넣거나 무를 넣어 담백하게 끓이기도 한다.

여름철 '톨냉국'은 맑고 차디찬 바다 그 자체를 마시는 듯한 느낌이 든다. 톨은 육지에서 톳이라고 부르는 해초를 말한다. 톳을 물에 담가 불려서 풋고추며 부추와 가늘게 썬 오징어를 갖은 양념으로 버무린 뒤에 찬 생수를 부어 낸다.

제주 사람들이 즐겨 먹는 것으로 돼지고기와 함께 '자리'를 빼놓을 수가 없다. 자리는 오분자기처럼 이 고장 특산의 이름이라 타관 사람들이 알아듣기 쉽게 도미 새끼의 일종이라고 설명을 하지만, 자리나 오분자기는 도미와 전복과는 생김새만 비슷할 뿐 전혀 다른 종족이다. 그렇기는 하여도 어른 손바닥 반만한 크기의 자리를 자세히 들여다보면 영락없는 도미의 생김새다. 그래서 육지 사람들을 위해서도 '자리돔'이라는 다른 이름이 있을 정도다.

자리는 비늘을 긁어내고 어슷어슷 썰어서 된장과 깻잎에 싸서 먹고 초장에 찍어 강회로 먹기도 하지만, 머리와 꼬리를 자르고 칼로 다져서 부추, 미나리, 깻잎, 풋고추, 오이 등속에 된장, 고추장과 갖은 양념을 하여 생수를 붓고는 얼음을 띄운 '자리물회'를 만들어 먹는다. 토속대로 하자면 머리와 꼬리도 자르지 않고 간간이 뼈가 씹힐 정도로 칼로 난도질을 쳐서 산초잎을 넣어야 한다. 제주에서는 모든 어패류가 싱싱한 횟감이라서 일일이 열거할 수가 없지만 전라도나 충청도 지방의 홍어무침이나 찜처럼 가오리를 양념에 버무려 경조사에 내는 것은 비슷하다.

덥고 습한 지방이라 요새처럼 냉동이 안 되던 시절부터 제주의 음식은 끓이고 조리지 않으면 소금으로 짜게 절여 두었다. 바람이 거세지고 추워져서 바다에 나갈 수 없는 겨울철에는 '촐레'가 맞춤한 밑반찬이 되었다. 보리밥과 조밥이 껄껄해서 잘 넘어가지 않을 적에 비리고 간간한 반찬으로 촐레를 해먹는다. 소금에 절인 자리젓을 뚝배기에 오랫동안 졸여서 걸쭉하게 만든 것이 촐레인데 채소와 곁들여서 먹는다. 고등어를 소금으로 진하게 간하여 독에 넣어두었다가 겨울철에 꺼내어 물에 담가 소금기를 빼고 나서 뚝배기에다 무와 함께 넣고 오래 조려서 먹기도 한다. 이런 건건이들이 모두 거친 잡곡을 먹는 데 입맛을 돋우기 때문이란다.

사람 거시기 먹고 자라는 돋통시

제주의 돼지를 말하자면 꼭 떠오르는 일이 있다. 칠십년대 말인가 민속 조사를 하던 학생들 몇 사람과 아직은 민속촌이 되기 전이던 성읍마을에서 민박을 한 적이 있었다. 지금은 관광객들의 볼거리로 변하여 모두 사라져버렸지만 그때만 하여도 하늘에서 내리는 비를 받아 물을 모으는 독이며 뒷간이 예전 그대로였다. 아침에 뒷간이 어디냐고 물으니 주인아줌마는 빙그레 웃을 듯 말듯 묘한 표정을 지으면서 집 뒤꼍으로 돌아가보라고 손짓해준다. 그래서 집 모퉁이를 돌아가보니 앞에 판자를 얼기설기 가로지른 돼지우리가 보인다. 그때 내가 무엇과 마주쳤겠는가. 울타리 사이로 하얀 털이 숭숭한 주둥이와 함께 영리하게 반짝이는 돼지의 눈과 마주쳤다. 어쩐지 이건 돼지가 아니라 무슨 유인원이나 개처럼 영리하게 보이는 귀염성 있는 돼지의 눈이었다.

제주도 토종 돼지는 그 지방 특산이라기보다는, 오히려 육지에서 우리의 토종 돼지가 수입종 때문에 거의 멸종하는 동안에 그나마 벽지라서 종을 보존한 그것이다. 몸집이 다른 돼지들보다 조금 자그마하고 멧돼지같이 검은 털이 부스스하며 주둥이가 조금 흰 편이다. 제주에서는 이것을 '돋통시'(똥돼지)라고 부른다.

그것참 인상이 영리한 돼지도 있다고만 여기고 아무 생각 없이 울타리 옆에 붙은 변소로 들어갔다.

변소에 들어가니 판자를 얹은 변기 구멍 위로 막대기 하나가 비죽이 올라와 있었다. 이건 뭣에 쓰는 막대기인고. 급한 대로 주저앉는데 갑자기 밑에서 꾸울, 하는 소리가 들리면서 돼지 대가리가 널판자 아래로 쑥 들어온다. 내려다보니 돼지우리 쪽에서 변소 밑으로 통하는 개구멍 같은 통로가 있고 그리로 돼지가 상체를 들이민 것이다. 나는 혼비백산하여 얼른 바지를 추스르고 일어나 변소 밖으로 뛰어나와버렸다. 대번에 어떤 광경을 머릿속에 떠올렸기 때문이다. 일을 보는 중에 오물이 밑에 있는 돼지한테 떨어지고, 그것이 머리를 흔들며 털어댄다면 나의 아랫도리는 그야말로 초토화될 게 아닌가.

밖으로 나와서 어쩔 줄 모르고 발을 구르며 서성대다가 하여튼 일이 급하여 다시 들어가서 조심스럽게 주저앉는데 또 꾸울, 한다. 그제야 나는 구멍 위로 비죽이 솟아 있는 막대기의 쓰임새를 알아차렸다. 막대기를 잡아 이곳저곳 찌르면서 머리를 들이밀려는 동물을 쫓으며 일을 치렀다. 아래에 신경을 쓰느라고 일도 제대로 끝내지 못하고 대충 하고서 얼른 나와야 했다. 나오면서 뒤를 돌아보니 돼지가 다시 울타리 판자 사이로 그 영리한 눈을 반짝이며 나를 쳐다봤다. 나는 뒤늦게야 돼지의 눈빛이 어째서 그렇게 영리해 보이는지를 짐작했다. 그가 나를 보는 눈빛은 "야, 밥 온다!" 하는 바로 그 표정이었던 것이다.

자연보호 좋아하는 이들 말로는 변소를 돼지 식당으로 삼는 제주도의 전통식 돼지치기야말로 자연의 순환 법칙에 따른 지혜로운 사육 방법이라고 한다. 곰곰이 생각해보면 그럴듯한 말이다. 사람 거시기 먹고 싼 돼지 거름은 밭으로 가고 푸성귀는 그걸 먹고 자라나 사람이 다시 먹게 된다. 그럴듯하기는 해도 어쩐지 먹는 얘기 하다가 싸는 얘기하려니 께름칙하다.

지금은 현대식 돈사로 모두 바뀌었지만 제주의 돼지는 전통적인 사육 방법 때문에 옛날 이름 그대로 돋통시라는 정답지만 치열한 이름을 달고 있다. 그러나 조상이 그렇게 자라서 그런지 제주 토종 돼지의 맛은 전국에서 알아준다. 우선 기름기가 적고 연하고 부드러우며 살이 차지다. 맛있기로는 제주도의 산야에 즐비한, 구멍이 촘촘한 화산석을 달구어 그 위에다 소금 뿌려 구워 먹는 맛이 일품이다. 기름기를 돌이 흡수해버린다. 적당히 구워 먹다가 새것으로 바꾸면 된다.

이런 얘기를 하면 나더러 야만인이라고 하겠지만, 세계 어디에서나 민속 음식치고 야만적이지 않은 것이 없다. 가령 '새끼회' 같은 것은 여자들은 대부분 먹지 못하고 남자들도 비위 좋은 총각 녀석들이나 키들대며 서로 격려하며 먹을 만한 음식이다. 이것은 새끼를 밴 돼지를 잡아 태 속에서 그야말로 태어나기 직전의 돼지 새끼를 꺼내어 깨끗이 손질한 다음 칼로 다져서 갖은 양념을 한 날것이다. 대접에 담아 내온 것을 보면 거의 물회처럼 보이기도 하고 죽처럼 보이기도 하는데, 처음 먹는 사람은 이런 물기가 어디서 나온 것인가 의문을 가져서는 절대로 먹을 수가 없다. 실은 애기보를 함께 다진 것이라 양수가 고기와 함께 섞인 것이다. 독한 소주와 물회를 함께 먹으면서 찬으로 곁들여서 밥도 먹는다. 나는 체험에 대한 욕구가 강한 편이고 호기심이 많아서 몇 번 먹어보았는데, 즐기지는 않지만 가끔씩은 마다하지 않게 되었다.

어느 해인가 팔십년대에 일본에 갔다가 제주도 출신 재일동포 작가인 김석범 선생과 만났는데, 그가 나를 우에노 야시장 부근에 있는 조선 음식점 거리로 데려갔다. 그는 아마도 나를 은근히 떠보려고 했는지도 모른다. 좌석이 네다섯밖에 없는 작은 주점으로 데려가서는 김선생이 새끼회를 시켰다. 내가 주저하지 않고 아주 맛있게 그것을 거뜬히 먹어치우자 노인은 매우 놀란 듯했다. 이쯤 하면 아마도 두 손을 들 줄 알았던 모양이다. 이런 엽기적 만찬에 한국에서 온 손님을 초대하고 자신도 즐거워하는 고향 잃은 노작가를, 나는 열심히 먹는 것으로 위무해드렸다.

독일 망명 시절에 윤이상 선생도 가끔씩은 추억 속에서 '개장'을 떠올렸는데, 일본에 갔더니 어느 교포가 몰래 하는 보신탕집이 있다며 초대를 하더란다. 너무도 신이 나서 허리띠 끌러두고 입맛을 다시며 호텔을 나서려다가 그만 포기하고 말았다. 혹시라도 누군가 기자가 알고 신문에라도 쓰고 그것이 독일 사회에 알려지면 저명한 작곡가인 그의 삶과 예술은 그날로 끝장일 것이라는 판단에서였다.

실제로 독일에서는 그 무렵에 자르 탄광 지대에 있던 한국인 광부 몇이서 놀러갔다가 동네에서 어슬렁거리는 개를 한 마리 잡아먹고 들통이 나서 온 독일 신문에서 떠들썩했던 일이 있었다. 이런 일이 서구에서는 우리 사회에서의 토막살인만큼이나 엽기적인 사건이 된다. 그 광부들은 막대한 벌금을 물고 나서 국외 추방을 당했다. 그러나 한편 생각해보면 타관 객지에서 그런 강렬한 토속 음식은, 알지 못하게 시달렸던 다른 종족으로서의 정체성을 달래주는 것이 되기도 한다.

돼지고기 이야기가 좀 길어졌지만 육개장도 빼놓을 수가 없다. 제주의 한라산 고사리는 '먹고사리'라고 하여 연하고 맛이 좋은데, 돼지 살코기와 함께 찢어서 양념하여 육개장을 끓이면 얼큰하고 구수하다. 간을 맞출 때에 밀가루나 메밀가루 갠 것을 훌훌 뿌리면 국물이 꺼룩하고 진득해진다.

선선한 가을이 되면 꿩이 살이 오르고 한창 먹을 만해지는데 '메밀저배기'는 꿩고기 음식으로 가장 알려진 것이다. 메밀을 반죽하여 밀어서 칼국수처럼 썰어두고 꿩은 살을 발라내고 뼈를 칼등으로 두드려서 생강, 마늘을 넣고 끓여서 푹 우려낸다. 뼈를 우려낸 국물에 간을 하고 채 썬 무를 넣고 다시 끓이다가 꿩고기와 메밀국수와 파를 넣고 끓여 낸다.

메밀로 하는 음식이 한두 가지가 아니지만 '빙떡'도 그 중의 하나다. 메밀가루를 풀어서 돼지기름으로 번철에 넓적하니 지진다. 그 위에 빙떡 소를 얹는데 전통적으로는 고사리와 무를 채 썰어서 넣지만 요새는 표고, 돼지고기, 당근, 파 등속을 쓰기도 한다. 좀더 고급으로 하려면 무채 나물과 다진 꿩고기를 넣기도 한다. 익어가는 대로 끝에서부터 돌돌 말아서 지져낸다. 이런 빙떡은 칼로 썰지 않고 기다란 채 그대로 손에 들고 먹어야 맛이 좋다. 꿩고기 샤부샤부 같은 것은 꿩 사육장이 많아진 뒤에 나온 관광식당의 품목이다.

차조로 하는 것으로는 평안도의 노티처럼 '오메기떡'이라는 게 있다. 차조를 불려 방아에 찧어 가루로 만든 다음 동그랗게 빚어서 끓는 물에 삶아내어 꿀이나 조청 또는 설탕시럽에 굴린다. 여기에 콩고물이나 팥고물을 묻히기도 한다. 고구마를 말려서 가루를 낸 것과 생고구마를 얇게 저민 것을 켜로 깔고 쪄내는 '감제떡'도 맛이 있다.

이런 여러 먹을거리 외에 나는 뭐니 뭐니 하여도, 더운 여름날 세 잎짜리 콩잎을 따다가 깨끗이 씻어서 찬밥에 멜젓(멸치젓) 한 마리 앞니 끝으로 꼬리지느러미 잘라 뱉어내고 얹어서 싸먹는 콩잎쌈맛을 잊지 못한다. 젓갈이라면 그 밖에도 '게우젓'과 '자리젓'이 밥맛을 돋운다. 자리젓은 제주도 발음으로 '자리젯'이라고 해야 입안에 침이 고이는데, 위에 나온 자리돔을 소금에 절여 삭힌 것이다. 통째로 담근 것을 잘 다져서 풋고추와 다진 마늘, 고춧가루로 양념하여 밥반찬으로 먹는다. 게우젓은 일테면 전복의 내장으로 담근 것인데 요즈음은 너무 귀하고 비싸서 발발 떨며 먹어야 한다. 단골 횟집이 있다면 서너 번 가서 호기 있게 팔아주어야 한 번쯤 작은 종지에 내다줄까말까다. 전복 내장을 사다가 집에서 소금에 절여 푹 삭힌 것을 묵혔다가 조금씩 내어 갖은 양념을 해서 먹는데, 잘 묵힌 게우젓은 오래된 고추장처럼 되직하고 짙은 암갈색이 된다.

게우젓을 젓가락 끝으로 집어다 뜨거운 밥 위에 살살 비비면 쌉쌀하고 비릿비릿하고 고소한 맛이 입안에 가득찬다.

떠나간 친구가
남긴 맛

언제부턴가 봄이나 가을이 오면 젊은 시절에 떠돌아다니던 추억이 되살아나서 불쑥 집을 나서는 이른바 '번개 여행'을 하는 버릇이 생겼다. 계획하고 떠나는 것도 아니고 목적지가 뚜렷이 정해진 여행도 아니다. 요즈음 어느 집에나 있는 승용차를 몰고 나서지도 않고 미리 교통편을 예약하지도 않는다. 떠나기 하루나 이틀 전쯤 주위에 전화를 몇 통 걸어서 그들이 적어도 사나흘은 집과 일터를 비우고 함께 길을 떠날 수 있다면 동행한다. 준비랄 것도 없고 개인 사정에 따라서 중간에 합류하거나 빠지기도 한다. 대중교통만을 이용해야 한다는 것, 다음 목적지로 가기 위하여 서두르지 않는다는 것 등이 저절로 생긴 규칙이라면 규칙이다. 관광이 목적이 아니므로 여행지에서 일어나는 즉흥적 감흥을 존중하여 심야까지 마시다가 오후 늦게 움직이고 버스나 기차 안에서 새벽잠을 자기도 한다. 이러한 여행에 주로 많이 동행한 이는 젊어서부터 오랜 술친구인 김용태와 여운 화가가 있고, 근년에 따라나선 강태형 시인과 차승재 영화 제작자와 김운경 극작가가 있다. 서로 간에 아무런 의무감이나 목적의식도 없이 주로 낯선 타지에서 먹고 마시고 잠자며 자기가 겪었던 세상살이 이야기를 오랜만에 격의 없이 털어놓는 그런 여정이다.

용태는 평소에 점심 반주로 소주 세 병을 마시는 날이 많았고 저녁에는 대여섯 병을 더 마셔야 직성이 풀렸다. 그를 '알중 삼기'라고 놀리던 여운의 별명도 '인사동 밤안개'였으니 그도 술 가지고 남을 탓할 처지가 못 되었다. 두 사람은 경상도와 전라도로 태어난 고향도 다르고 술과 음식 취향도 사뭇 다르다. 김용태는 어려서 고향을 떠나와서 그랬는지 경상도 특유의 음식인 '과메기'라든가 '고래 고기'를 탐했던 것 외에는 그저 된장찌개든 두부김치든 소주만 있으면 만족이었다. 그는 자리를 잡으면 꼼짝하지 않고 '국물 좀더' 또는 '김치 한 보시기만' 하면서 눌어붙어 앉아 빈 소주병을 늘려가는 식이었다. 그에 비하면 여운은 홀어머니의 외아들로 부유했던 외갓집에서 도련님으로 자라나 음식 치레를 곧잘 따지는 축이었다. 술자리에서 격식이 어긋난 안주가 나오면 수저를 놓고 어째서 이 음식이 틀렸는지, 무엇을 어떻게 해야 되는지를 꼭 짚고 넘어가는 바람에 주위의 핀잔을 듣곤 했다.

김용태는 미군과 양색시의 사진을 오브제로 활용한 포토 몽타주로 주목을 받았는데, 그것은 젊은 시절에 박수근 화가처럼 미군부대 앞에서 초상화가로 생계를 이었던 체험에서 나왔을 것이다. 그는 이른바 민중미술 운동이 활발해지던 칠십년대 막바지에 목판화를 개척한 오윤 등과 어울리면서 동료들의 살림과 실무를 떠맡는 행정가 노릇을 하는 바람에 제 그림은 제대로 그리지 못하고 날마다 술자리를 조직하는 역할을 맡았다.

오윤은 간암으로 죽기 직전까지 술을 끊지 못했다. 내가 광주에서 살던 무렵에 오윤이 술을 끊고 요양하러 진도에 내려간다는 소식을 들었다. 나는 진도가 술과 안주와 흥이 넘쳐나는 오랜 고장임을 잘 알고 있어서 속으로 걱정을 했는데, 아니나 다를까 위문차 방문한 악우들은 그와 더불어 진도의 명주인 홍주를 날마다 마셔댔다. 그 못된 녀석들 가운데 용태도 끼여 있었을 것이다. 아무튼 진도 홍주는 앞에서 몇 차례 지방명주 얘기를 하면서 이미 거론했지만, 증류로 거른 소주에 진달래를 함께 담가 선홍빛의 아름다운 색깔과 향기를 지녔으며 사십여 도가 넘는 독주에 속한다. 거기다 철철이 작은 포구마다 잡아들이는 생선과 각종 해산물이 넘쳐났으니 오윤의 요양생활은 처음부터 위험을 자초한 것이었다. 오윤이 작고하기 열흘 전에 개인전을 하는 자리에서 나는 그와 함께 녹차만 한 잔씩 나누고 헤어졌는데 그것이 마지막이었다.

그러고는 삼 년 전에 김용태와 여운이 병명은 다르지만 둘다 말기 암이라는 소문이 들렸다. 때문에 주변 친구들은 두 사람 다 술을 끊었을 것으로 믿었지만 나중에 들려온 소문으로는 죽을 줄 뻔히 알면서 환자 둘이 몰래 만나서 음주를 계속한 모양이었다. 평론가 유홍준의 말에 의하면 그들이 직접 의사 표명한 바는 없으나, 죽음을 앞두고 음주를 계속한 것은 '예술가의 위엄'을 지키려는 행위였을 거라고 한다.

김용태는 암이 장기 곳곳에 퍼져서 잔명이 얼마 남지 않았다고 판명된 즈음에 주위 화가들이 그림 한 점씩을 내어 그를 위한 전시회를 열었다. 그 핑계로 장례도 아닌 마지막

고별식을 겸하여 친구들이 모였다. 나는 그에게 두 번씩이나 나와 연루된 시국사건으로 고초를 치르게 한 것을 공개적으로 사과했다. 민예총 창립부터 그는 나의 파트너였다. 나는 말하자면 그에게 모든 살림을 맡기고 훌쩍 떠나버렸고, 그는 온갖 궂은일을 혼자 감당해야 했었다.

그 무렵 우리는 집에 들어가지 못하는 날이 많아서 종종 저녁을 함께 하곤 했는데, 용태는 소주 한잔 하기에 맞춤한 음식만 찾았다. 나는 용태 때문에 부대찌개, 감자탕, 동태매운탕, 무교동 낙지볶음 등을 차례로 바꿔가며 먹어야 했다. 부대찌개는 한국전쟁과 베트남 전쟁을 치른 세대의 입맛에 따라서 생겨난 음식인데, 미군부대 소시지와 햄의 맛에서 묘한 추억이 생겨나는 것은 참으로 기묘한 노릇이다. 전에는 라면사리 대신 일정 때 이후 조선 곱창전골에 넣던 우동사리를 넣었다. 그는 땀을 뻘뻘 흘리며 소주 한 잔 벌컥 들이켜고 국물 한 숟가락 떠먹곤 하면서 연신 '커어, 시원하다'를 연발했다. 요새는 낙지볶음에 콩나물국이나 조개탕을 곁들여 먹지만, 원래는 감자탕 한 그릇이 제짝이었다. 매운 낙지 한 점 먹고 벌건 감자탕 국물을 떠먹으면 입과 뱃속에 불이 붙는 것 같았다. 그것도 김용태의 단골 메뉴였으며 소주를 마시기 위한 저녁 음식이었다. 그는 동태 대가리를 가장 좋아해서 눈깔에서 골까지 깨끗이 분해하여 먹어치웠다. 나는 그와 저녁을 먹을 때마다 일차에서 끝낼 정도로 소주에 대취해버리곤 했다. 그야말로 술병을 얻고도 술잔을 놓지 못해 명을 재촉할 만큼 애주가였던 그는 여운과 앞서거니 뒤서거니 하면서 세상을 떠났다.

날이 추워지면 가끔 낙지볶음에 곁들여 먹던 뚝배기 감자탕과 부대찌개 생각이 나서 찾아 먹어보지만 그와 함께 소주잔을 기울이며 먹던 그 맛은 추억이 되어버렸다. 어쨌든 그 맛이 아니어도 가끔 부대찌개를 먹다가 문득 김용태를 떠올린다.

이별주나
한잔 할까

여운이 죽기 꼭 한 해 전 가을에 나는 그를 불러내어 오랜만의 남도여행을 떠났다. 강태형과 차승재도 합류하여 용산역에서 기차를 타고 저녁 무렵에 전주에 당도했다. 여운은 그가 교환교수로 가 있었던 중국의 노신예술대학을 방문하고 돌아오는 길로 내 성화에 약속을 지키겠다고 공항에서 곧바로 역으로 달려온 터였다.

우리는 전주에 가기 전에 시인 김용택에게 전화해서 '아직도 옛날식으로 하는 한정식집'을 문의했다. 사실 '한정식'이란 바른말이 아니다. 자료에 의하면 이러한 격식은 일정시대 요정의 연회용 상차림에서 시작되었다고 한다. 우리네의 전통적인 상차림으로는 칠첩반상, 구첩반상, 면상, 죽상, 다과상, 교자상, 주안상 등으로 구분된다. 그러니 요즈음 한정식의 상차림은 교자상과 주안상을 섞어서 적당히 간추린 것이라고나 할까. 우리네 상차림은 제철 재료를 가지고 푸성귀와 산야초, 고기와 생선, 마른 것과 진 것, 그리고 발효된 장, 젓갈, 장아찌와 김치 종류에, 찌개와 국이 어우러지게 조화를 갖추는 격식이다. 서양요리처럼 전식 본식 후식 개념은 없을지라도 상이 바뀌거나 곁상이 따라 나오면서 순서와 구분을 두었다. 요즘은 한식도 양식처럼 순서를 정하여 한두 접시씩 차례로 내기도 하지만 주식과 부식 개념이 뚜렷한 우리네 식사법과는 어긋나는 퓨전식이다. 그래도 예전 한정식은 우리네 전통적인 맛과 조리법이 살아 있는 반찬거리가 많이 나왔다. 이를테면 그 발원이 애매한 잡채라는 당면무침과 마요네즈에 버무린 감자, 사과 등속의 샐러드 따위는 없었고 전후에 도시락 속의 귀족이었던 달걀프라이나 계란말이는 더더욱 없었다. 달걀만 갖고 보더라도 간장조림이나 들기름 살짝 얹은 수란이나 생선 알 또는 새우젓, 곤쟁이젓을 넣고 찐 달걀찜이 있었다.

소개해준 밥집에 가보니 쇠락한 분위기의 한옥인데 나오는 상을 보니 예전보다는 못해도 올라온 찬들 중에 제법 옛것이 눈에 띄었다. 예를 들면 고사리 모래무지 조림을 보고는 반가웠다. 어린 고사리순을 밑에 깔고 그 위에 생선을 얹어 갖은 양념을 하여 조린 것이었다. 일급수의 모래 속에서 사는 물고기라 원래 비린내가 없고 담백한 모래무지는 고사리와 어울리니 그야말로 청정한 맛이었다. 보통은 고등어나 병어 또는 조기를 같은 식으로 조리는데 제철 생선이면 모두 가능하다.

전통 장조림도 원래 이 고장 명물이었다. 기름 없는 쇠고기를 장에 조리고 꾸덕꾸덕 말려서 구운 것을 북어 보푸라기처럼 잘게 찢어서 상에 내는데 이를테면 장포구이와 보푸라기의 중간쯤 되는 맛이었다. 예전에는 콩나물국밥의 반찬으로 김치, 깍두기, 새우젓과 함께 이러한 쇠고기 보푸라기가 나왔다. 앞에서도 언급했지만 지금은 전국 어디에서나 콩나물국밥 반찬으로 그냥 만들기 손쉬운 장조림이 나온다. 그런데 이제는 구경하기 힘들다. 그 장포 보푸라기가 상 위에 놓여 있는 것이다.

그리고 인상에 남은 것이 삼합초와 더덕 물김치였다. 삼합초는 굴과 보리새우 패주를 장에 조려낸 것이고, 더덕 물김치는 더덕과 오이, 미나리를 써서 나박김치처럼 시원하게 담근 것이다. 그 밖에는 다른 한정식 상과 비슷했다. 언젠가 지리산 거쳐 남원 갔을 때 받았던 상은 일종의 강원도식 명이나물 같은 산채 장아찌 일색이어서 조금 질렸는데, 남도 상차림이랄 수 없게 전반적으로 달큼하고 시큼한 것이 차츰 퓨전으로 변모해가는 것만 같았다. 더구나 곁들여 내놓은 고추장은 요즈음 입맛을 따른 것인지 너무 달고 얕은 맛이었다.

이튿날 전주 친구들이 데려간 막걸릿집의 안주들은 가짓수와 싼 가격으로 감동을 주었지만 따지고 보면 전국 어디서나 볼 수 있는 흔한 맛의 음식들이었다. 우리는 광주 거쳐 해남 강진을 둘러보고 여수로 해서 서울로 되돌아갈 작정이었다.

광주에서 해남 가는 시외버스에 올랐는데 이것이 완행이라고 잘못 알려져서 내렸다 다시 차에 오르니 우리가 앉았던 자리에 다른 이들이 앉아 있었다. 차승재와 강태형은 그 바람에 버스 맨 뒷자리로 밀리고 여운과 나도 낯선 사람 옆에 따로 떨어져 앉아야 했다. 내 옆에는 대낮부터 막걸리잔이나 좋이 마셨는지 웬 노인이 코를 골며 잠들었고 여운의 옆에는 얌전한 아주머니가 앉았다. 그들은 이내 도란도란 이야기를 나누는 모양이었다. 여운이 오지랖 넓게 나를 불러 아주머니를 소개하기까지 했다. 나는 그저 건성으로 인사를 했다. 그녀는 나주에서 내게 정중하게 인사를 하고 먼저 내렸다.

해남에 도착한 뒤에야 여운이 내게 뜬금없이 돈 오만 원을 내밀었다. 광주에서 대학을 다녔는데 학생 시절에 내 독자였다는 그 아낙이, 마음 같아서는 선생님을 모시고 집에 가서 밥이라도 한끼 대접해드리고 싶지만 여정이 바쁘신 것 같으니 그 돈으로 식사라도 하시라며 쥐여주었다는 것이다. 아낙이 돈을 주기 전에 조심스럽게 선생이 까다로운 성격은 아니냐고 묻기에, 여운은 속으로 '네, 대단히 까칠하고 못된 성격입니다'라고 말하고 싶은 것을 꾹 참고 간신히 '성품 좋은 양반'이라고 대답해주었단다. 항상 내 성질을 받아주기만 하는 그가 때를 만난 듯 푸념을 했다. "그러니 평소에 좀 너그럽게 살라구!"

나는 건성으로 스쳐 보낸 오랜 독자에게 고맙기도 하고 미안해져서, 그저 소인이 못된 놈이라며 웃기만 했다.

그날 해남에 가서 후배 동섭이가 예약한 식당에 갔는데 변해버린 식단을 보고 깜짝 놀랐다. 그것은 서울 인사동이나 북촌 등지의 한정식집에서 먹던 것과 다를 바 없는 상차림이었고, 그 많던 해남 특산물인 어란이니 젓갈이니 장아찌 등은 물론이고 해산물과 산야초 나물 등속도 사라졌다. 굴비도 전국 어디서나 그렇듯이 프라이팬 기름에 지져낸 것이어서 보리굴비는커녕 그것을 쌀뜨물에 담갔다가 양념하여 자박자박 조린 삐득굴비는 바랄 수도 없는 상차림이었다. 사실 요즘 서울에서 이 집 저 집 보리굴비라고 나오는 것은 대부분 부세(조기의 일종)여서 푸석한 게 흉내만 내었지 맛은 한참 못 미친다.

묵묵히 먹고 나서 이튿날 동섭이가 강진까지 기사 딸린 차를 내주길래 타고 가다가 운전하는 젊은이에게 말을 시켜보았다. 전어밤젓이나 갈치속젓은 묻지도 않고 어디로 가면 토하젓을 먹을 수 있느냐 물었더니 젊은이가 그게 뭐냐고 오히려 반문을 했다. 타지에서 왔는가 싶었으나 해남이 집이란다. 그래서 이러저러한 젓갈 못 먹어봤냐고 재차 물으니 운전기사는 아아, 하고는 고개를 끄덕였다. 어려서 먹어본 듯하다고, 그런데 요즘은 구하기가 힘들고 맛도 별로라서 찾는 사람도 없을 거라고 대답했다. 읍내를 둘러보니 온통 순댓국, 삼겹살, 해물탕 같은 간판이 즐비했다. 어디나 어슷비슷한 식당이 전국화되어 있는 것이다.

동섭이에게 듣기로는 유홍준이 답사기에서 침이 마르게 칭찬했던 그 식당이 남아 있기는 한데, 주방을 지휘하던 할머니가 작고하고 며느리가 물려받았지만 음식이 간이 맞지 않고 조리법도 달라져서 토박이들은 잘 가지 않는다고 했다. 예전 전라도 토박이들이 좋아함직한 음식을 먹고 싶으면 차라리 광주나 전주 같은 도회지에 가서, 그것도 수소문하여 정확한 정보를 얻은 뒤에 찾아가야 겨우 한두 집 만날 수 있을까 말까라는 것이다.

강진에 가서도 우리는 저녁밥을 먹기 위해 인적이 드문 거리를 이곳저곳 둘러보았다. 이 무슨 부질없는 풍류인가 싶어 아무데나 길가의 주점을 찾아 들어갔더니 우리말이 서투른 베트남 아낙이 심드렁한 표정의 할머니와 함께 손님을 맞고 있었다. 아마도 남정네는 일하러 도시로 나가고 베트남 며느리와 시어미가 손발 맞추어 안주와 술을 내는 모양이었다. 밀가루가 두터운 파전을 집적거리다 그냥 마른안주나 달라고 하여 대충 맥주로 입가심을 하고, 부근 분식집에서 어디서나 만나던 멸치 국물에 호박나물 얹은 칼국수로 저녁을 때웠다. 다시 모텔에 들어와서는 마른안주에 소주를 몇 병 나누어 마시고는 싱겁게 잠들었다.

이튿날 하릴없이 일찍 일어나 시장통으로 찾아가니 제법 고만고만한 식당이 모여 있었는데 웬놈의 순댓국집이 많이도 생겨났다. 나는 옛날 장터에서 국물에 토렴하여 주던 얼큰한 쇠고기 장국밥이 생각나서 찾아다니다 한 집을 발견했는데, 여운은 나보다 먼저 일어나 한 바퀴 돌며 아침 먹을 집을 벌써 찜해두었다고 했다. 내가 장국밥을 먹자고 버럭 우겼더니 여운은 내 고집을 꺾지 못하고 고분고분 따라왔다. 나중에 귀로의 기차 안에서 차승재가 털어놓았다. 사실은 여운이 산보 나갔다가 시장통 골목에서 아욱과 조개를 씻고 있는 아낙네를 본 참이어서 개운한 아욱된장국을 먹고 싶었을 거라고. 자기도 같은 심정이었지만 나 때문에 꾹 참았다면서 내가 더욱 자책하도록 한마디 덧붙였다.
"너그럽게 사시라고 여운 형님이 오만 원 받아서 드렸잖아요."

여운이 그 무렵 간이 녹아나고 있었으니 본능적으로 바지락을 넣은 아욱된장국이 당겼을 것이라는 생각이 뒤늦게 들었다.

여운이 죽기 열흘 전쯤이었을까. 며칠 남은 것 같지 않다는 그의 아내의 전화를 받고 병원으로 달려가니 그는 초췌했지만 전과 다름없는 멀쩡한 얼굴로 누워 있다가 일어나 앉았다. 평생을 함께해왔으니 우리는 서로 긴 말을 하지 않아도 속내를 알았다. 창으로 밝은 햇빛이 침대 위에까지 쏟아져들어와 있었다. 그는 누우라는 내 말을 듣지 않고 꺼칠한 얼굴을 한번 쓸어내리고는 피식 웃었다. "형하구 재밌게 살았어. 이렇게 끝날 줄 누가 알았나." 나는 김용태에게 그랬듯이 여운에게 말했다. "잘해줘서 고맙다, 고마워." 내가 조금은 쑥스러워하며 병원비나 보태라고 가져간 봉투를 베갯머리에 찔러넣으니 그는 평소와는 달리 마다하지 않고 농담을 했다.

"우리 저거 들구 나가서 이별주나 한잔 할까?"

그가 죽은 뒤에 나는 친구들의 권유로 그의 묘비명을 썼다.

> 발치의 풀꽃처럼
> 그대는 얼마나 곱고 쓸쓸했던가
> 인사동 모퉁이마다
> 주정 같은 네 목소리가
> 바람결에 떠도는구나

그를 떠나보낸 후로 나는 그와 함께 즐기던 음식들의 맛을 잃었다. 밥상에 바지락을 넣은 아욱된장국이 올라올 때면 어쩐지 수저가 무겁다. 좀 잘해줄걸.

초판 서문

먹지 않는 시간은 시간이 아니다

아프다거나 또는 건강상의 이유로 일정한 기간 단식을 해 본 경험이 있는 사람이라면 아침·점심·저녁 식사가 하루 중에서 얼마나 중요한 행사인가를 알게 되었을 것이다.

'끼니'를 잇는 일은 생명을 위해서도 그렇지만, 잠자는 시간 외에 깨어나 활동하는 사람들의 '시간'을 적절히 분할해주고 매 단락을 맺어준다. 아무것도 먹지 않고 있으면 하루가 엄청나게 길고 모든 것이 갑자기 무의미해진다. 그리고 그중에서도 매우 소중한 발견은, 만남이나 헤어짐이나 대화나 목소리, 얼굴의 인상 따위와 같은 사람끼리의 관계가 빠져버린다는 점이다. 천하가 적막하고 고요할 뿐이다. 남과의 소통은 당연히 끊기고 자기 자신마저도 살아 있는 것 같지 않다. 먹지 않는 시간은 시간이 아니다. 그래서 건강요법을 하는 이들이 단식을 일컬어 '칼을 대지 않는 수술'이라고 하는 모양이다.

그것은 육체에 대해서뿐만 아니라 인생을 바라보는 태도에도 변화를 주는 행위이다.

내가 음식에 대한 글을 쓰겠다면서 '단식'의 기억을 먼저 떠올리는 것은 막 거른 포도주와 검은 빵뿐이었던 젊은 예수가 생각나기 때문이다. 화가들이 오랜 세월에 걸쳐서 수천 점이나 그렸고, 지금도 성당에서는 희생양 예수의 '살과 피'를 상징하는 제례의식이 있다. 이른바, 최후의 만찬이다. 순수한 처음의 식사를 회복하는 일은 자기 시대를 정화하려는 모든 사람들의 기본 출발점이었다.

우리는 모든 맛을 잃어버렸다. 맛있는 음식에는 노동의 땀과, 나누어 먹는 즐거움의 활기, 오래 살던 땅, 죽을 때까지 언제나 함께하는 식구, 낯설고 이질적인 것과의 화해와 만남, 사랑하는 사람과 보낸 며칠, 그리고 가장 중요하게는 궁핍과 모자람이라는 조건이 들어 있으며, 그것이 맛의 기억을 최상으로 만든다. 그런 의미에서 나는 미식가나 식도락가를 '맛을 잃어버린' 사람으로 규정한다. 마치 진정한 사랑을 찾아서 끝없이 헤매는 돈 후안처럼 말이다.

무엇보다도 음식은 사람끼리의 관계이며, 시간에 얹힌 기억들의 촉매이다. 지난 시대에 명절이나 아니면 특별한 날에 먹던 음식들은 근대화를 거치면서 흥청망청 모두 허드레 음식이 되었고, 미국이나 일본을 중심으로 한 간편식이나 개화요리가 양요리의 대종이 되어 뒤섞여 있다.

나는 이 글에서 무엇보다도 내 시대의 추억들을 되씹으면서 인생살이와 사람의 관계에 대하여 한번 생각해볼 작정이다.

황석영

황석영

고교 재학중 단편소설 「입석 부근」으로 『사상계』 신인문학상을 수상했다. 베트남전 참전 체험을 바탕으로 집필한 단편소설 「탑塔」이 1970년 조선일보 신춘문예에 당선되면서 본격적인 작품활동을 시작했다. 만해문학상, 단재상, 대산문학상 등을 수상했다. 주요 작품으로 『객지』 『삼포 가는 길』 『한씨연대기』 『무기의 그늘』 『장길산』 『오래된 정원』 『손님』 『심청, 연꽃의 길』 『바리데기』 『개밥바라기별』 『강남몽』 『낯익은 세상』 『여울물 소리』 『황석영의 한국 명단편 101』 『해질 무렵』 『철도원 삼대』 등이 있다. 다수의 작품이 해외에 번역 출간되었다.

황석영의 밥도둑

초판 1쇄 발행 2016년 3월 7일
초판 10쇄 발행 2022년 3월 16일

지은이 황석영 | 펴낸이 신정민

편집 최연희 | 디자인 김현우 | 마케팅 김선진 배희주
브랜딩 함유지 함근아 김희숙 정승민
저작권 박지영 이영은 김하림 | 모니터링 이희연 전혜진
제작 강신은 김동욱 임현식 | 제작처 영신사

펴낸곳 (주)교유당
출판등록 2019년 5월 24일 제406-2019-000052호

주소 10881 경기도 파주시 회동길 210
전화 031)955-8891(마케팅) 031)955-3583(편집) 031)955-8855(팩스)
전자우편 gyoyudang@munhak.com

ISBN 978-89-546-3977-4 03810

* 이 도서의 국립중앙도서관 출판예정도서목록(CIP)은 서지정보유통지원시스템 홈페이지(http://seoji.nl.go.kr)와 국가자료공동목록시스템(http://www.nl.go.kr/kolisnet)에서 이용하실 수 있습니다.
(CIP제어번호: CIP2016004022)